AF389194

COUDRIN– l'enfant noir

FAMILLE PALAUD VERSION LONGUE 1

MISE EN GARDE

les livres de la collectiON
ENFANT NOIR peuve contenir
des scène de violence physiques
moral et séxuelles nous rappellon
au lecteur et lectrice que
cette collection et destiné
a 1 public majeur et responsable
la marque ENFANT NOIR et pas

 tenu responsable de vaux
achat et ne peut en
aucun cas être poursuivie

Chapitre 1 : Gris angoissant et interrogatoire du survivant

(Dans le village de Moine-Vert)

 Sébastien Palaud et Bastien Palaud, une
 nuit, entendirent un cri suspect, et tout
 le village alla vers la porte sud-est du
 village. Et là les villageois sont pétrifiés
 de peur. Les gendarmes demandent à
tous les villageois d'aller dans l'église.
On s'occupe de transporter le… - HEIN !
 Il y a quelqu'un ! Je vais voir Tim,
Tu restes avec Lola. - Hooooo nom de
 Dieu ! Va chercher Monsieur le maire e
t le médecin de ville, vite ! Non les jeunes,

Restez à distance, laissez ce cadavre.
Aussi, on a beaucoup plus de travail que prévu. Monsieur le maire, nom d'un chien, ça recommence comme il y a 17 ans. À l'époque, ce code était envoyé dans tous les villages et villes aux alentours. - Monsieur le maire, à l'intérieur de la maison, abandonne, c'est bien pire encore, montre-nous. Recule, il y a un survivant, allez chercher Monsieur Bastien Palaud et Monsieur Sébastien Palaud, vite bon sang ! Ils parlent un ancien dialecte infirmier. - Emmenez ce patient dans mon cabinet, il faut absolument que je le maintienne en vie. Docteur Vaneaux, ci traduit, il était le seul survivant, il est mort, il ne respire pas, regarde Bastien. - Wouha, impossible mais pas français. Il respire, mais pas comme nous, c'est par intermittence. Docteur avez-vous de l'insuline ? - Oui, faites-lui une injection tous les quatre jours uniquement. - Viens Bastien ! - Oh je prends son pendentif, au moins je pourrais savoir de quelle région il vient, et peut-être retrouver ses parents. - Mais ce médaillon est cassé ! - Facilement réparable. - À demain Monsieur Bastien. Demain tu restes à l'auberge, il faut que je m'occupe de cette affaire, en paire impaire. Il faut qu'on soit absolument bien organisé, on va avoir pas mal de dossiers à ressortir. - Bonne nuit grand-frère Le lendemain. - Grand-frère ! Debout ! Tu vas être en retard ! Je fonce, mets ton uniforme. - Oui oui, à tout à l'heure ! - Mon capitaine parfait, voilà votre bureau, voici tous les documents en notre possession. - Palaud, ça remonte à l'époque de ton arrière-grand-père, pendant la Seconde Guerre mondiale. Les photos sont assez choquantes, je te laisse. Lise sera ta coéquipière jusqu'à la semaine prochaine. - Enchanté ! - Moi de même ! Je vous laisse observer les photos, je vais interroger le survivant. Si vous obtenez ou trouvez des choses suspectes sur les documents ou photos, prenez des notes. À tout à l'heure. - Docteur ! Il refuse de manger. - Permettez ? - Avec joie. - Bonjour ! Écoute, je comprends tout ce que tu dis, tu peux parler, rien ne sortira de cette pièce, même pas ton prénom. Tu ne risques rien, mais j'ai besoin d'informations. J'ai toute la semaine, prends ton temps, mais dépêche-toi, tu dois au moins manger l'entrée, je sais que ce n'est pas très appétissant, mais tu n'as pas vraiment le

choix. Je prends mon bloc-notes, vas-y je t'écoute. Quatre heures plus tard. - À demain reste tranquille. - Alors ? - Pas grand-chose, il a mangé tout, voilà le plateau. - Ce soir tu peux venir ? J'ai besoin d'aide, on manque de bras. - OK, mais demain soir, ce sera Bastien, on s'occupe en même temps de notre auberge. - Vous devriez fermer. - Jamais, mes oncles n'avaient pas la notion d'argent, mais moi et mon frère on sait bien gérer notre budget. La preuve, j'ai remboursé en personne avec mon petit héritage tous les penauds du coin. Alors Docteur Vanneaux à tout à l'heure à dix-huit heures.

Chapitre 2 : Couvre-feu, paperasse et inondation -

Votre attention ! Le Roi vient de déclarer le couvre-feu. Toute personne non-fonctionnaire devra être chez elle avant quinze heures, ou les cellules de détention seront pleines. Si les gens ne font pas ce couvre-feu, on part tout droit au massacre. - Stop ! On continue le taf, on accumule pas mal de retard avec ce manque de personnel. Bonne soirée. - Ho Bastien, dure soirée ? - Oui, à cause du couvre-feu, ils vont nous mettre sur la paille avec leur saleté de couvre-feu. - Les gens sont cruellement insupportables, je te plains pour demain. Bonne nuit. Neuf heures plus tard. - Bastien debout, tu vas être en retard. - OK merci, tiens voilà la liste des commandes et des retards de livraison. On va recevoir sept remboursements. - Ok à ce soir ou à demain. - Ouf, le voilà parti, mon Dieu je le plains, cinq heures de ménage complet. Et merde, les boîtes aux lettres. Voyons voir la boîte aux lettres n° 1, quel gros tas, beaucoup de publicité. Hop ! Dans le sac de tri. Voyons la deuxième boîte aux lettres ! Pfiou ! Quel merdier. Direction le ménage. Houla, y a beaucoup d'eau. Encore des penauds qui ont mis des bouteilles de verre dans la rivière. Ce soir je vais me régaler. Et merde, couvre-feu. Tant pis, je ferme l'auberge à quatorze heures, de toute façon, vu le peu d'habitant qu'il reste, ça ne va pas déranger beaucoup de monde. Pourvu que Bastien s'en sorte avec les papiers et les photos. Je le plains. Je me demande si la mairie a remis le conteneur à verre au niveau de la place du marché. Pendant ce temps, au poste de police. - Et merde ! - Que se passe-t-il ? - D'après les rapports d'autopsie, les victimes ne survivent que quatre jours après avoir été attaquées. - Mais ce rapport date de vingt-cinq ans. La médecine a beaucoup évolué, et on vit un peu plus longtemps. - Pas faux ! Bon, je vais voir si je peux trouver un rapport plus récent. Max as-tu un rapport plus récent dans toutes ces archives ? - Je ne pense pas mais je vais voir s'il y en a une. Et voilà ! Par contre, c'est écrit en tout petit. - Hoooooo, je vais galérer à lire ! Merci Max, je te le ramène plus tard. Ouf, à l'époque, il savait très bien écrire malgré leur manque de moyen. Bon, j'ai rien qui puisse m'aider, j'espère que Sébastien pourra m'aider, et je dois… Merde ! Déjà à demain Lise ! Putin, fait chier, putin de couvre-feu ! J'espère pas encore une inondation ! - Attends grand-frère ! Houlala oui, il y en a pas mal. - Comme d'habitude plus et encore plus. Tiens deux sacs ! - Merci ! Je suis sûr qu'il y a plein d'urine là-dedans ! - M'en parle pas. - Hola les Palaud, encore inondé comme toutes les fins de mois ? - Même cauchemar, on prend le coup de main à force ! À plus. - Allez, viens on va prendre une douche. Bonne idée, tu te souviens quand on avait six ans de moins ? - Hum, la bonne époque.

Chapitre 3 : Huissier et réapparition

 Toc toc ! - Merde, merde ! Oui ? - Huissier de justice. - Pardon ! - Je viens procéder à l'inventaire de votre établissement. - OK. - Pardon messieurs. - Tiens Seb, les fiches de payes et les chèques pour toi et Bastien. - Monsieur l'huissier, voilà ma première paye, grâce à ça, tous les frais sont payés. Madame le juge, voilà ma deuxième paye. - Monsieur Palaud, votre chiffre d'affaires a encore diminué. Je sais que vous portez un très lourd héritage, un jour je ne pourrais plus rien faire. - Maître huissier, on repart. Madame le juge, notre tutelle fout volontairement sa merde, j'ai bientôt seize ans. - Je vous arrête, c'est à dix-huit ans que vous récupérez le contrôle de tous vos comptes, pas avant. Envoyez une demande de tutelle pour que tous les prélèvements soient automatiques à partir de maintenant, et changer votre tutelle. À partir du mois prochain, vous et votre frère serez sous

tutelle simple. Par contre, continuez les fiches de sorties et d'entrées d'argents. Voilà la convocation pour le changement de tutelle. Je sais que c'est insupportable, je comprends votre situation. Le lendemain matin. - Les Palaud, venez vite. - Que se passe-t-il ? - Mais venez nom de Dieu ! C'est incompréhensible, ils sont apparus comme par magie. Je vous assure, ils étaient pas là. Venez ! - Bon, on vous suit. - Allez voyez par vous-même. - Nom de Dieu ! Mais comment est-il possible ? Papa ! Maman ! - Je vous assure, ils sont apparus comme ils avaient disparu il y a huit ans. Le Docteur arrive pour confirmer que c'est bien eux. Messieurs, très bien ! Suivez-moi. Monsieur. Madame. - Viens Bastien, on a des papiers à faire. - J'arrive ! - Tu penses que c'est eux ? - On verra bien, mais je ne pense pas. Il faut que je fasse la peinture du quatrième étage. - Motivé, motivé. Je vais passer l'aspirateur. - OK allez viens là mon beau pot de peinture violette et le vert aussi. Plouf. Deux heures plus tard. - Bonjour Madame Gafe. - Je viens d'apprendre que Madame le juge vous change de tutelle, je ne serais plus votre tutelle. Oui, j'ai commis des fautes de frappe sur le dernier virement, mais j'assume. Et je respecte la décision de ton grand-frère. Il est dans le coin ? - Il refait les peintures du quatrième étage, il ne peut pas vous recevoir aujourd'hui. - Bien, tenez, avec un remboursement. Je lui devais cette somme. Adieu, je suis mutée dans les Côtes d'Armor. - Aurevoir, merci de votre visite. Seb, oui tiens, je mets ça sur ton bureau, un remboursement, rien d'autre pour aujourd'hui. - Dring, dring. Allo ? Ah Docteur, oui on arrive. Oui Docteur, à tout de suite. Bastien ! On y va. - J'arrive ! J'espère que c'est une erreur. - Moi aussi. - Hello Docteur ! - Tenez la somme pour les retards. Merci Monsieur Palaud et Madame Le Ret, je vous présente vos deux garçons Bastien et Sébastien Palaud, mais avant de vous libérer Monsieur Palaud, voilà vos nouvelles lunettes. - Ah oui, ça va beaucoup mieux en effet.

 Je les garde en observation quarante-huit heures. - Merci. Papa, maman, on revient vous récupérer aprèsdemain. Docteur, à plus. - OK, je pense savoir où les installer : dans notre salle de réunion. - Excellente idée ! - Ils vont péter un câble. Surtout en rentrant. - Hum… On va passer une semaine chargée. - Merde, il y a un problème ! - Oui, on n'a pas changé les draps de leur lit depuis leur disparition. - J'en ai commandé, mais j'ai jamais réussi à les changer moimême. - Allez, je fonce les changer. Je te laisse la salle de réunion. - Ok. - Messieurs Palaud, le Docteur a besoin de votre aide, le survivant s'est enfui, tous les gendarmes le recherchent. - Merde ! Il faut que ce soit un de nous deux qui l'attrape, il risque de faire une connerie. Je vais dans la forêt. - Je vais dans les champs de blé ! À tout à l'heure ou à demain. Pendant ce temps, chez le Docteur Vaneaux. - Chut ! Reste dans ce placard, tu vas avoir une maison bientôt. - Je pense que nos garçons vont nous faire un rappel à l'ordre. - Non, ils vont devoir comprendre qu'on a déjà rencontré ce garçon. - Oui, je me souviens de lui, il était là à chaque fois, quand nos ravisseurs faisaient des expériences sur nous. - Attends ! On a vu aussi qu'il était victime, il y avait d'autres enfants, il a peut-être des infos, il était prisonnier comme nous, il doit savoir des choses sur nos ravisseurs. - Il a commis des atrocités. - Il était sous l'emprise des ravisseurs, tu ne peux rien quand ils ont les moyens de nous faire mal sans nous toucher. - Comment tu l'expliques ? - J'en sais rien. Ça suffit, Bastien arrive. - C'est toi qui le planques dans ce placard. - Hop, dans mes bras. - Docteur Vaneaux, je viens vous récupérer mes parents, et ce voyou caché dans le placard à balais. Allez, on y va, Seb nous attend. Et cette fois je t'attache à moi. Tu vois on appelle ça des ceintures corporelles très efficaces pour les petits garçons qui n'obéisse pas aux adultes. Allez. - Hum… Attends, je prends le sac de course. Je vois de la peinture verte et jaune, excellent choix, j'adore ces couleurs. Ho ! Excellent entretien. - Attention, la peinture est fraîche. Ah, t'as réussi à l'attraper ? Planqué dans un placard, il est fort. Maintenant, il reste attaché à moi, aucune chance de s'enfuir. Allez, direction la douche et l'uniforme d'école. Cinq heures plus tard. - Allez à table ! - Waouh, je savais que cet uniforme allait resservir. Allez assied toi là, sur le tabouret du prince. Lasagne-épinard ! Vos assiettes ! - Dis-moi, qui fait tout ça ? Je veux dire, entretenir cette auberge ne doit pas être facile toute l'année ! Vous n'en avez pas ras le bol parfois ? - Si, mais on n'a pas d'autres choix, il n'y a pas beaucoup de travail dans cette région, et en plus on connaît vite tout le monde ici. - Et nous, on faisait quoi ? - Maman, toi, tu étais à la facturation. Et papa, toi, tu réparais beaucoup les machines et les meubles jusqu'à nos huit ans. Moi à sept ans, à la mort de Jean-Luc Palaud, ton deuxième frère, d'une embolie pulmonaire à cinquante-neuf ans, provoquée par son addiction à la cigarette électronique et au tabac et cinq. Avant ça a été à Daniel Palaud de décéder, les poumons ont lâché sur le chemin du port, mort cérébral quarante-huit heures après. T'as pété un câble quand t'es rentré de son mobile home, à l'époque, tu as commandé trois bennes et t'as tout jeté en trois quarts d'heures, seules deux photos ont survécu, c'est tout. - OK, je crois que j'aurai dû écrire avant, je ne me souviens pas de tous ces détails. - Qui en veut encore ? Oh, tu cales petit prince ? Tu peux laisser c'est pas grave.

Chapitre 5 : Lumière verte et vérité -

Bastien, lève-toi ! - Que se passe… Merde ! Il lui arrive quoi ? - Pas la moindre idée. Stop ! Ne le touche pas ! Nous ne savons pas ce qu'il lui arrive. - On s'occupe de lui ! Allez chercher de l'eau, ça va aller. - D'accord. - Il est brûlant. - Voilà l'eau ! - Pose-la sur la table. Sortez ! Allez préparer les chambres doubles, on s'occupe de loulou. - Oui ! - Papa, on fait quoi ? J'en sais absolument rien ! Dans la chambre. - Putin, il a du mal à respirer, son corps commence à perdre pas mal de muscle, je vais devoir y mettre les mains. - Vas-y, je le tiens serré. - Ha ! Ha ! Ha ! Ça y'est, il devrait mieux se sentir. - Maman ! Maman ! Il faut qu'on leur avoue tout ! -

Non ! Pas encore, ils le sauront bien assez tôt que nous sommes tous les trois des copies. Si on leur dit la vérité, ils vont nous tuer. Fais-moi confiance, comme il y a cinq mois quand je t'ai sortie de cette machine. - Je m'en souviens ! Le lendemain. - Les garçons, nous ne sommes pas vos vrais parents. Mais… - Stop ! - Nous sommes des clones. On a certains souvenirs, et des flash-back. Tous les trois, nous avons été enlevés par des hommossommes, c'est le prénom de leur espèce. On sait que ça peut vous paraître bizarre comme explication, on a conscience que ça… - Vous abusez de notre confiance mais on comprend. On a menti aussi. Moins d'une semaine avant votre réapparition, on a eu la visite d'un huissier, coup de chance, nos fiches de payes sont arrivées in extremis, et on a sauvé l'auberge. On est sous tutelle renforcée jusqu'à notre présentation devant le juge qui s'occupe de notre dossier. Peu importe que vous soyez nos vrais parents, ou des clones, on a besoin de vous. On souhaite partir en formation et changer de métier, on doit rassembler 75 000 € pour protéger l'auberge de toute faillite ou rachat. Mais si vous pouvez nous remplacer, alors on accepte de garder votre secret à vous trois. Donnant-donnant ! Marché conclu ? - Oui, OK ça marche, mais je ne sais pas faire la cuisine. - Aucun problème !

Chapitre 6 : Décision du juge et achat d'un hôtel -

 Bonsoir Messieurs Palaud, après délibéré, qui a duré toute la journée, la demande de mise sous-tutelle allégée est rejetée par le tribunal. Je vous présente Monsieur Picot, votre nouveau tuteur renforcé jusqu'aux dix-sept ans de Sébastien Palaud ici présent. Je vous laisse faire connaissance. À plus tard. - Je vous emmène visiter l'auberge et les futurs travaux qui vont commencer dans trois mois. - Bonjour, est-ce que cet hôtel à vendre est toujours disponible ? - Bonjour, oui il est disponible. Je vous propose de le visiter. - Avec plaisir, aujourd'hui c'est possible ? - Allons-y, il se trouve à vingt-cinq minutes à pieds. Et voilà l'hôtel, tout est à remettre en état mais il est super bien placé loin de tous bruits et problèmes du centre-ville. Pour les travaux, je pense que l'offre est à 45 555 €. - Voilà mon offre : 39 655 €, et je bloque la vente de cet hôtel. Voilà les photocopies, et le notaire contacté pour la procédure. J'envoie le reste à ma conseillère bancaire qui s'occupe de tous

les papiers. Je vous dis à la semaine prochaine pour la conclusion. Une semaine plus tard. - Monsieur Palaud, bonne nouvelle, tout votre dossier est passé, vous êtes officiellement propriétaire de votre nouvel hôtel deux étoiles. J'espère que vous arriverez à le retaper. - Oui ! Je vais enfin pouvoir embaucher, surtout que je manque de bras pour maintenir mon auberge pleine, et propre. Bon allez, je fonce ! Voilà pour vous et votre équipe ! Allez à plus ! - Ouf ! - Oui Bastien, j'arrive pour m'occuper des tâches au sous-sol et des réserves. - Monsieur Picot, comment ça va ? Merci pour le dossier d'achat de l'hôtel. - J'espère que ça marchera, sinon six mois sans revenus afin de combler le trou. - Oui, je prie pour que ça marche. À plus ! - Et merde, je me suis fait avoir, il a raison, au moins il est au net. - Me voilà, c'est bon je prends les papiers et les courriers. - Parfait ! Je m'occupe du ménage et des nombreuses toiles d'araignées qui me narguent. Hop ! Hop ! Plouf ! Encore de la poussière.

Chapitre 7 : Onze ans après avoir quitté Portivy -

 Bonjour Bastien. - Hop ! Lucas, Titouan, ça fait un bail. - Onze ans ! On a pris un coup de vieux. On vient postuler pour les annonces. - Aucun problème, je prends vos CV, et lettre de motivation. - Merci ! Je vous envoie un mail pour la réponse. Au revoir ! Deux jours plus tard. - Stéphanie, Stéphane, la vache vous avez pris un coup de vieux. Ne me dites pas que vous postulez ?! - Si ! - Je prends note. - Comment vous faites pour rester jeunes ? Faudra me donner la recette ! - Je prends vos lettres de motivation et CV, je vous recontacte plus tard. Deux jours plus tard. - Sébastien ? - Oui Waouh ! - Ah oui effectivement, quelle bonne surprise, mes anciens voisins parfaits ! Vous avez tout ? - Oui ! -

Bastien, tu ne leur donnes pas les boulots, c'est trop difficile. - OK, ils restent à l'auberge. L'équipe trio. C'est bon, on a les nouveaux qui arrivent. Allez dans l'autre bâtiment. - Merci. - Messieurs, Madame, on vous laisse la maison. - Bonsoir, excusez-nous, on vient pour postu… - Il n'y a plus de postes, on est complet au maximum, peutêtre le mois prochain, mais c'est pas sûr, on est en travaux intenses. Repasse le mois prochain. - OK, au moins prochain ! - Quel bordel cette saison ! Plouf ! Vivement que Monsieur Picot revienne de vacances pour débloquer les ressources supplémentaires. - Patron ! - J'arrive, j'arrive ! Bonsoir ! - Contrôle ! - Bougez pas, voilà les papiers. - Embauchez-vous des clandestins Monsieur ? - Non aucun clandestin, beurk rien que d'en parler. Il y a trois stagiaires en stage rémunéré, d'ailleurs voilà leurs papiers qui sont arrivés il y a cinq jours. - Je vous jure les stagiaires, toujours à perdre les papiers d'identité. - Non, pas d'étranger ici, on est sérieux à 100 %.OK, tout est en règle. Il est marqué des primes pour la fin de ce mois à tous les saisonniers. - Oui, j'ai quatre saisonniers pour le mois de juin, juillet et août. C'est fermeture pour des travaux importants.

Chapitre 8 : Tuteur retour et fermeture pour travaux -

 Monsieur Picot ! - Bonjour ! - Voilà les résultats des chiffres d'affaires : avril, mais, juin et juillet 2002, et les crédits finis de rembourser intégralement, ainsi que les fins de contrats et annulation pour corruption. - Vous aussi ? - Oui, un de nos fournisseurs en boisson a joué avec nous, et on a gagné, il a perdu. Pour les travaux, on a bien avancé, on a fini le premier étage, ainsi qu'une partie du toit. Je vous laisse, il faut que j'aille remplacer mon petit Bastien. Monsieur Picot, par ici je vous prie. - Il y a du monde ! - Oui, on a dû recruter des saisonniers en urgence. Bien entendu, on ne se verse plus de salaire en contrepartie. Depuis la levée du couvre-feu, on n'arrête pas d'avoir des réservations, on n'a pas une minute de répit, même le téléphone n'arrête pas de sonner, surtout aujourd'hui. Plouf. - Je vois, bon heureusement que vous prenez des décisions de fou ! Si tous ceux sous ma tutelle pouvaient prendre des décisions comme les vôtres. Messieurs, Madame, voilà vos fiches de payes, et les semaines où l'auberge est fermée pour les travaux prioritaires. On vous souhaite de bonnes vacances, et on se retrouve en septembre avec les nouvelles équipes et le nouvel hôtel en septembre. - Flouf. On va avoir du mal. - Oui, mais y a pas le choix. - Hélas, vivement qu'on finisse les travaux des deux étages, surtout du toit. On devrait dire aux jeunes stagiaires de partir aussi en vacances ? - Allons-y ! Les gars stop ! C'est l'heure des vacances, tous dans la caravane ! Direction : la mer et aussi la montagne pour trois semaines pour vous. Nous, on revient ce soir et on reprend tous les travaux. Allez ! Allez ! - Et nous voilà arrivés dans le chalet, on vous laisse pendant trois semaines. Voilà l'enveloppe avec 400 € en liquide. Ciao ! - Bon, on arrive dans deux heures. - Oui, mais on a enfin la paix ! Va y avoir du bruit et des disputes fortement, mais on va pouvoir reprendre un peu notre activité principale. Deux heures plus tard. - Je fonce au deuxième étage finir les peintures. - Je prends le premier étage pour l'installation des meubles et des draps. Houlala, j'avais oublié qu'il y en avait autant de draps et de meubles. Ouh, c'est lourd. Les petits d'abord, j'irais plus vite. Et merde, j'ai pas mis d'eau par terre, pas étonnant que j'avance pas. Je pose du carrelage, et je ne mouille pas le carrelage pour installer les meubles plus rapidement. Tant pis pour les draps, on verra demain. Allez ! Mets-toi là toi, viens ici le grand sommier et le mini-sommier vient là. Bon la commode, viens ici. C'est vraiment plus simple quand le carrelage est mouillé. Je plains Bastien, il a que du plancher, quelle horreur. Rien ne vaut du carrelage qui glisse super bien. Allez Bastien, on va pas y rester toute la matinée là, on a besoin de place. Il faut qu'on ait fini ce morceau de toit avant… - Ok, ok ! Je monte dessus, mais demain c'est toi qui vas sur le toit. - Ok ! Je te passe les tuiles fabriquées à tuiles. J'espère que c'est de la qualité franchement, au prix que je les ai payées : 89 999 € avec transport intégré. - Merci du détail, mais on risque de manquer de clic. - J'avais prévu plus au cas où. - Sympa ! Mais dit moi, ça fait longtemps qu'on ne s'est pas fait un jeu vidéo ?! - Une éternité, surtout que j'ai investi dans des raspberry pi 3 et dans un raspberry pi 4, et un raspberry pi 400 avant que je retire nos salaires pour la neuvième fois consécutives. - Oui, j'ai remarqué que t'avais enfin arrêté les consoles avec jeu anglais et chinois incorporé dans la console. Mais j'avoue les deux fausses Xbox étaient avec des jeux de bonnes qualités, ainsi que la fausse gameboy advance, et la collection de fausses gameboy. - Hé ! T'as oublié les consoles en forme de manette, les PS1, les super Nintendo, les nes, la fausse switch et la mini console portable en forme de gameboy advance première génération. - Ah oui ! Une vraie collection hein ?! Je t'avais dit il y a quelques années de ne prendre que des raspberry pi 3.- Oui, mais il n'y avait pas la mise à jour 7, celle qui inclut les jeux avec toutes les manettes Wii, même les copies aliexpress.

Chapitre 9 : Achat équipement et lettre mystère -

 Seb, je vais acheter des équipements et des balais ! Il n'y a plus aucuns balais en vie, tous son hors-service, ainsi que les serpillières et les pelles. J'espère aussi trouver des serviettes de tables, des nappes et des coussins de chaises. - Bastien, arrête de parler dans le vide ! Va acheter ce putin de matériel, ça fait cinq minutes que tu radotes ! Ouf ! Le voilà enfin parti ! Je ne comprends pas son comportement en ce moment. Ce serait l'anniversaire de… D'ailleurs, on ne connaît toujours pas son prénom à notre invité. Il est arrivé deux semaines avant nos parents. Il faut que… Biensûr les archives de l'auberge dans mon ancien bureau ! Waouh ! Faut vraiment que je fasse du tri dans ce bureau. Pendant ce temps. - Monsieur Palaud ! - Oui ? - Excusez-moi, mais je n'arrive pas à comprendre. Votre frère écrit 2002 ici, et là 2012. - Ah oui, il a eu deux accidents il y a quelques années, et je ne comprends pas non plus. Il fait ça aussi sur des retards de paiements, vous pouvez refaire les… - Oui, bien sûr ! - Merci, à plus. Trois jours plus tard. - Seb ! Seb ! Seb ! - Mais il est… Waouh ! - Paf ! - Ça va pas non ?! - Tiens quatre lettres avec des noms de famille avec notre adresse, ça veut dire quoi ? - Houla, c'est quoi ces noms de famille longs, très longs, bref, on ouvre ! Tiens ces deux-là, et moi les deux autres. - Génial, du latin ! - Moi, c'est pas mieux, de l'allemand ! On va à la bibliothèque chercher un traducteur ? - On a internet ! - Ah oui, c'est vrai, je vais dans mon ancien bureau. Mon Dieu ! Bon, sac-poubelle viens là alors, tous ces tas de merde allez ! Toi là-bas aussi, et toi au milieu. Drig, un sac. Vingt-cinq minutes plus tard. - Voilà c'est mieux, j'ai enfin accès à l'ordinateur. Bon tout ça dans le sac, la fenêtre, ouvre-toi, les volets, ouvrez-vous. Voilà, enfin un peu de lumière. Reste à savoir si tu vas t'allumer l'ordi ? Hhh, oui ! Il fonctionne toujours ! Mais il faut vraiment que je le change, il est super vieux. Si tu rends l'âme, je suis dans la merde ! Ok t'as six ans, je sais, ok.

Chapitre 10 : Nouvel équipement informatique -

Bon, voyons voir ! D'abord, je commande un PC avec lityshop, comme ça, je récupère de la tune. Merde ! J'ai oublié que seul ebay extra me permet de récupérer de la tune. Bon, y a-t-il un PC pas trop cher ? J'espère, y en a marre de payer des PC qui durent seulement un an. C'est toujours la même histoire avec les grandes surfaces, surtout : Carrefour, Boulanger et Super U. - Seb, j'ai fini de traduire les deux lettres rien d'intéressant à part seize décès, il n'y a rien d'autre. - Je viens de finir la première lettre, rien qui vaut le coup ! La deuxième par contre, intéressant, je viens d'apprendre qu'on a treize oncles et tantes germains rapprochés. Normalement, ils étaient dix-sept, mais il y a quatre décès, deux par cancer, un s'est pendu, l'autre un véhicule non identifié avec sa… Hum… Rien de concluant. - Bon, on va chercher ! - Les vacanciers ! - Oh merde, j'ai oublié que certains aujourd'hui… Ils vont pas être content de rentrer… - Mais on a besoin d'eux là, ça urge.Oui on a beaucoup de retard dans le grenier de l'auberge, et celui de l'hôtel ! Ils vont encore râler mais là, on n'a pas le choix ! Il nous reste que trois jours. - Toujours dans l'urgence comme d'habitude. - On adore ça alors on en profite avant d'avoir la quarantaine. Et puis à quarante ans, on va être pire que maintenant. - Allez, on a deux heures de route, j'espère qu'ils ont bien géré le budget ! On doit tenir jusqu'aux prochaines vacances avec ce qu'il reste sur les comptes courants. - Heureusement qu'il y en a quatre, sinon on serait dans la merde noire intégralement, avec tous les crédits à rembourser. On n'a même pas les moyens d'acheter des véhicules neufs. - Oui, mais on passe notre vie dans l'auberge et l'hôtel qu'on tient. Bon, surtout qu'on doit maintenant rembourser les frais d'emprunts. Normal, bref… - Oui, passons à autre chose, je suis nul en math et en calcul rapide. - Et moi, je suis nul en division et en multiplication, mes pires ennemis.

Chapitre 11 : Libération -

Messieurs Palaud ! Bonne nouvelle ! La tutelle de Sébastien Palaud prend fin demain à dix-huit heures. Et Monsieur Sébastien Palaud devient par la suite le tuteur de Monsieur Bastien Palaud jusqu'à ses dix-huit ans. Concernant Bastien Palaud, c'est tout pour les infos. Merci à tous et adieu. - Bon, les gars, il est dix-huit heures quinze, tout le monde à l'hôtel. Les saisonniers ont-ils été rémunérés ? - Ils sont tous partis déjà. - Ils font un travail formidable, surtout quand ils sont partis, impossibles à arrêter, ils font plus vite que nous, même si on se lève à quatre heures du matin, ils font tellement vite. Ils font quoi leurs parents ? - Professeurs ! - Ah ! Ah ! - Effectivement, quand ils sont partis, ils sont impossibles à arrêter, même après plus de cinq heures d'affilée. - Bon, et comment s'appelle notre ami ? - Dialète ! - Il s'est toujours pas présenté ? - On le sait nous ! - Ah ! Il rougit. Hum… Bon, ce soir on le saura pas, tant pis ! On le saura plus tard. Mais dit-moi, puisqu'on ne sait pas ton prénom, alors ce cadeau est pour toi, ça vient de nous quatre. Pour la couleur, c'est Madame Le Ret. Sauf si tu connais son prénom. - Hum… Hum… - Aaaah, c'est quoi cette comédie ? - Mamame, mamame, mamame ! - Chut ! Ça veut dire quoi maman en breton ? - Il est breton, ancienne langue, il ne parle pas le français de maintenant, simplement quelques mots. Il ne parle que l'ancien breton, celui pratiqué par très peu de personne aujourd'hui. Langue morte, mais le problème c'est qu'il est analphabète, pour tout ce qui est administratif, il aura besoin d'une aide permanente. Trois jours plus tard. - Bastien, c'est à toi de l'aider à faire ses devoirs ! Cette semaine je m'occupe de l'auberge et des travaux de l'hôtel, surtout la nuit et l'après-midi. Allez, à tout à l'heure ! - Bon aujourd'hui tu vas apprendre à t'habiller avec des vieux vêtements plus sombres et à la mode ! - Ok ! - Tiens, le scalpel et les ciseaux. Non avant, il faut prendre des mesures. Regarde avec le mètre ruban et les marqueurs. Tiens. Ne bouge pas. Ah oui, et on va réparer ces vieux matos de surveillance. À l'époque, c'était les gardiens de camps de détention pour mineurs âgés entre cinq et dix-neuf ans. Très efficace pour l'époque, dommage que ce n'est plus d'actualité. - Euh, les gars, il faudrait aller acheter de la javel, on vient de finir les derniers bidons. - Bi ! Ay ! Ça fait longtemps qu'il n'en avait pas fait des crises d'épilepsies violentes. Cette crise, il va se faire opérer dans trois ans pour se faire enlever cette tumeur. Elle est placée a un endroit difficile d'accès. - Ça va coûter combien ? - Bien 55 999 €, ça fait trois ans que je bloque de l'argent de côté. Ils l'ont découverte après la disparition de maman. - Je vois, il y a une lumière blanche. Il y a quatre jours dans sa chambre j'avais l'impression d'avoir déjà ressenti cette lumière blanche. Trois heures plus tard. - Allez, encore du wd40, j'espère que maman a commencé le traitement contre la rouille et les traces de rouilles. Pendant ce temps à l'hôtel. - Allez encore une porte rouillée ! Heureusement, il me reste encore quatre bombes de wd40. - Ah oui, tiens maman : une brosse à dents électrique et des brosses métalliques ! Je vais m'occuper des portes de salle de bains. - Ok ! On mange quoi ce soir ? - Des pizzas et des frites ! - Et les saisonniers, on ne les voit plus ! - Normal, c'était pour deux mois, ils avaient besoin de tunes pour effacer leurs crédits. Ils ont beaucoup de problèmes avec les impôts. - Ça depuis qu'ils ont mis les prélèvements à la source, y a beaucoup de monde qui est dans la merde, et l'État qui continu de sortir des conneries. Bon, alors les gars, je viens de ramener des bouteilles de peinture, j'en ai pris dix, il y avait des promotions et des pinceaux et des papiers ponces. Je fonce à la lingerie. À plus ! - Papa tu ne prends pas tout ! Demande à Dialète de prendre une partie. - Oui j'ai retrouvé ces choses-là. - Houla, des pendentifs ! Les futurs clients vont être contents ! Direction : le lavage. - Bon, il faut qu'on aille chercher des produits de désinfection, on rentre à dix-neuf heures à peu près. - Mais non, on y va. - Bon, j'espère qu'ils vont arriver à rester tranquille, surtout jusqu'à quatorze heures, ils vont être furieux

Chapitre 12 : Décédé et incendie à la morgue -

 Monsieur Palaud, j'ai le regret de vous informer que votre frère est décédé des suites d'une complication. Je vous présente toutes mes plus sincères condoléances. Il avait laissé ça dans sa chambre juste avant de partir au bloc. - Je peux lui dire au revoir ? - Oui, son corps va être à la morgue pendant trois jours, le temps de vous laisser faire les papiers. Il est en mort cérébrale, c'est à vous de prendre la décision de le débrancher ou pas. - Laissez-moi aller… Hum… Bastien… Hum, hum… Papa ou maman… Allez fonction. Oui. Maman vient vite, Bastien est mort, vais péter un câble. - On arrive chérie. Je suis sincèrement désolée messieurs dames, mais on ferme l'auberge pendant trois jours, ainsi que l'hôtel. Va chercher Dialète, on a rendez-vous. Toc, toc ! Pierrick ? Oui tu peux nous remplacer pour cinq jours. Bastien est décédé. - Merde ! Je vous remplace. - Myrlaine, il ne s'en est pas sorti. Jim, Bastien est mort, on doit absolument s'occuper de Sébastien, allons-y. Non, Dialète, je te changerai une fois à l'hôpital.
Onze heures plus tard. - Waouh, mais il s'est passé quoi ici ? - Bonne question, le corps de votre frère a disparu. On cherche l'origine de l'incendie. - Génial. D'abord mort cérébral, ensuite cet incendie. Tout va de travers cette semaine. Et en plus, je ne peux même pas travailler. Bon merci Docteur. Maman, Papa, son corps a probablement été détruit dans l'incendie. Ils font une enquête pour

savoir d'où l'incendie est parti. Ça risque de prendre beaucoup plus de temps pour le deuil. Bon, je vais m'occuper de Dialète. Il faut que j'arrive à lui faire comprendre. J'ai réussi à lui faire comprendre. Il est aussi touché par sa disparition. Et j'ai aussi découvert son âge, il a quatre ans, et parle le breton et le latin. Ses parents étaient prêtres et bonnes sœurs. Parfait, allez on rentre, il faut que j'aille ranger les affaires de Bastien dans le grenier.

Chapitre 13 : Le Ret -

Bonjour Sébastien, mes condoléances les plus sincères pour Bastien… - Hum… Il t'a fallu trois semaines pour venir me dire ça ? - Tu ne m'as pas prévenu. - Tu n'as jamais été présent pendant toute mon enfance, ni même pour Bastien, tu as déserté ton rôle de tante. Certes tu es la sœur de Maman, mais rien ne te permet de revenir dans ma vie. Et puis c'est pas la peine. - Ta colère est purement justifiée mais sache une chose. Je n'ai aucun regret, je suis passée. Aurevoir. - Hum… Hum… Bon, les papiers ne vont pas se faire tout seuls. J'aurais aimé qu'elle ne passe pas. Il y a vraiment des gens comme elle… Putin de famille ! Plouf.

Chapitre 14 : Disparition devant les parents et devant Dialète -

 Bon, les gars. - Grhoum ! - Oh ! On connaît cette lumière, ça recommence. Mais que veulent-ils à Sébastien. - Parfait, le téléporteur a fonctionné, il est bien assommé. Oui, commencez à le prépa… - Baf ! Baf ! Putin, je suis où ? Stop ! Ne bouge pas ! J'ai eu deux de tes collègues, maintenant dis-moi où je suis et ce que je fais cul-nu. Putin répond ! Ne t'approche pas de moi, je n'hésiterais pas à tirer sur des collègues qui sont à terre. - Calme-toi ! Tu n'as rien à craindre, bien au contraire. Il y a vingt-deux ans, un autre produit comme toi a eu la même réaction. On étudie l'espèce humaine depuis la fin de la Première Guerre mondiale. Regarde tous les produits en stock : ce sont les corps originaux, ceux qui sont en train de pourrir. Il y a celui de ton frère, aussi sa copie est plus compliquée à reproduire, et comme tu connais les trois autres produits : tes parents et celui qui tu appelles Dialète. - Plouf. Tu l'as eu. - Pourquoi ? - Heureusement que nous sommes quatre. Et bravo ! Alors, commençons le supplice, tu pal avec les nouveaux pals 100 % biodégradable et facilement montable. Hum, vous êtes nuls. Il est prêt, commence. Allume l'écran de contrôle. - On vient de rentrer 5 %. - Les barres sont prêtes, et les attaches sont installées. La levée du corps peut commencer. - On est à 12 %. - Stop, il va commencer à se réveiller. Attendez qu'il reprenne conscience, et montrez-lui l'intérieur de son corps vu par le supplice du pal. - Certes, super-machine qui recopie les corps humains. - J'adore faire des expériences sur des cobayes nonvolontaires, ça m'excite. - Je te rappelle que nous sommes à la recherche du cobaye parfait pour reconstruire notre famille. On a douze cobayes en congélation, pour le moment on a réussi que trois expériences. Le cobaye en mort cérébrale est plus compliqué à reproduire. Certes on a capturé son grand… - Hum… Bande d'enflure ! Ah ! Ah ! Ah ! Vous êtes en train de m'empailler, et en plus mon frère qui est en mort cérébrale est là aussi. J'ai entendu votre conversation, et je vous comprends. On a vécu la même chose. Vous avez capturé mes parents pendant plus de neuf ans, pourquoi avoir renvoyé les doubles ? Et en plus des doubles honnêtes ? Tous les autres que vous avez renvoyés avant mes parents sont morts une semaine après. - Stop ! Arrête, on n'était pas au courant de cette info. Une série est morte en moins d'une semaine. Nous avons encore les originaux, mais tout vient de ce défaut. Hum… Retire sept millimètres de la machine. - Elle n'a pas fini de scanner. - Retirer 7 millimètres, il doit rester en forme, on a besoin d'information pour pouvoir réparer son petit frère et l'autre cobaye. - Ok, ok.

Chapitre 15 : Accouchement -

Parfait, je pense pouvoir réparer celui-ci. - C'est impossible de faire revivre les morts ! - Exacte, mais copier les corps est notre spécialité. Et transférer la conscience d'un malade ou d'un mort cérébral est dans nos compétences. - Vu le résultat de vos premières séries, je doute de vos compétences. - (Silence). Arrête, il a raison, on a pas fait de suivi correct, et on a perdu deux cent cinquante-neuf ans de recherches. - Une minute, vous avez plus de cent dix ans ? - Et alors ? - J'en ai vu des vertes et des pas mûres. - Bref, tiens, mets cette tunique. - Pourquoi ? - Tu peux l'aider RK ? J'ai besoin de toutes les données des premières et deuxièmes séries. - Oui commandant. - Prends ton temps mais dépêche-toi. Les gars je vais faire mon tour de garde. LK c'est toi après. Ensuite PK et RK préparé les simulateurs, on quitte cette planète dans trente minutes. - Et moi je vais devenir quoi ?Tu mourras dans trois jours, et cette fois c'est moi qui vais m'occuper de cette chose tout à l'heure. - Aidez-moi s'il vous plaît. Pour quel motif lui obéissezvous ? Lui, il ne prend aucun de vos conseils à cœur, il ne vaut rien. - Paf. PK, bordel, il a raison. - Je te rappelle que j'ai besoin de lui en vie. RK emmène-le en cellule maintenant, et procède au prélèvement urinaire et sanguin. - PK vient avec moi. Tiens, les documents des premières et deuxièmes séries. - Merci, mais j'ai besoin de garder ce produit en vie. - Il faut absolument que tu m'aides. Il nous reste que peu de temps avant que… Boum ! Boum ! Rooooof ! Merde ! Bouclier réactivé, 3 %. Ne bouge pas, et laisse-moi réparer sa… Trom ! Ouf, nous voilà en hyperespace. - Allez, je te ramène au labo. Allez, rentre, va t'allonger sur le lit, je m'occupe de mes confrères, et ensuite j'irais voir au poste de commandement les dégâts. Heureusement que les bracelets on survécut. Trouf ! Trouf ! Trouf ! Hum… Hum… Putin ! - Il s'est passé quoi ? - Le vaisseau a subi une attaque, et j'ai entré les coordonnées d'urgences. Le prisonnier va très bien lui, mais le labo a besoin de révision. - Je vais au poste de commandement voir les dégâts. Vous restez au labo. PK, quand je serais arrivé au poste de commandement, je te bipe, et va à la salle des machines. LK, je te laisse cinq heures pour remettre ton labo en état de fonctionnement. Allez, viens là la lampe roche. Grin ! Grin ! Ok, là les postes sont bloqués. PK, tu me reçois 5/5 ? Combien y a-t-il de poste pour accéder au poste de commandement ? - Deux, il n'y a pas d'autres portes. - Ne me dis pas qu'elles sont bloquées ? - Si malheureusement. - Je fonce à la salle des machines. RK va au centre de sécurité de niveau trois. LK pas de conneries, je reviens vers toi, et ne force pas trop. Ah ! Ah ! Ah ! Pas maint… Ah ! Ah ! Clic ! Hein ? Mais ? Aide-moi, je suis en train de perdre les os, il faut que tu m'accouches. - Et puis quoi encore ? - Aide-moi et tu resteras en vie. - Marché-conclu. - Tiens, il faut que tu enfiles ta bite dans le préservatif, et que tu me pénètres, ainsi les bébés pourront… - Ah ! Décidément, que faut-il pas faire pour rester en vie. - Grap ! Houla, je suis déjà en train de… Non ! Retire-la ! Doucement, vas-y ! Tu… Courage ! Ouin ! Ouin ! C'est une fille ! RK et PK, venez vite ! Merci, tu peux enlever le préservatif et t'asseoir à côté de moi. Mais sache une chose, que s'il t'a arrêté, il a accouché. T'aurais préféré nous retrouver morts ? - J'exige que ces produits repartent tous le plus rapidement. - Aucun problème. - Vous êtes tous les deux papas, tenez votre promesse. - Je vous, hum… Prends le bébé. J'arrête l'hémorragie. Trouf ! Trouf ! Trouf ! Ouf ! Baf ! Hein ? - Reste éveillé putin ! - Hum… Hum… Hum… Trouf ! Trouf ! Trouf ! Trouf ! Hum… - Waouh, tu as réussi à me soigner sans faire un coma. - Je lui ai donné une baffe. - Ah me voilà rassuré, je vais dans le sarcophage me reposer un peu. À tout à l'heure. Pendant ce temps à la salle de commandement. - Hein ? Mon Dieu, heureusement que j'ai eu le temps d'activer mon bouclier personnel. Bon, ok les dégâts sont élevés, j'espère que les autres s'en sont sortis.

Chapitre 16 : Fuite et rapport sexuel comme punition -

 Groum ! Allez beau gosse, adieu ! Ho merde, je l'ai renvoyé aux culs-nus… Pas grave, on a tenu notre promesse, et on ne l'a pas tué. - Waouh, tiens, ce n'est rien Messieurs Dames, un petit accident matériel, on s'occupe de vous offrir un dédommagement immédiatement. Va dans la cuisine, vite ! - Ah, ils t'ont gardé que trois heures ? - Oui, j'ai aidé une dame preneuse d'otage à accoucher, et ils m'ont renvoyé tout simplement. Ils étaient pas très sympas au début, mais à la fin, ils m'ont renvoyé cul-nu dans la salle de réception, devant plein de clients. - Parfaits, ils ne t'ont pas gardé, c'est une bonne chose. Dialète est en pause dodo. - Ok, je vais le rejoindre. - Par contre, il a fait quatre crises après ton enlèvement, donc il est puni pour un bon moment. - Ok, il vous teste. - Il a reçu un suppositoire et deux fessées. Il devient incontrôlable. - Je vois, à ce soir. Génial, je vais devoir faire le test, Dialète va avoir mal, mais je dois savoir s'ils m'ont rendu stérile.Hum… Hum… Hum… Mamame ! Mamame ! - Hé ben alors, c'est quoi cette comédie, hein ? Allez viens là, voilà. Je m'absente trois heures et tu fais que des bêtises ? - Mama ! Mama ! - Serre-moi, allez serre-moi, allez debout, voilà lève les cuisses. Trac ! Trac ! La couche à la poubelle, deux lingettes, une pour le visage… Arrête de pleurer. - Mais j'ai mal. - Allez à quatre pattes, écarte bien les cuisses. Hop ! - Ah ! - Chut, chut ! J'enlève ma main. Tu respires profondément, ok, fait un signe de tête. Parfait, tu restes tranquille. Une fois que j'aurai fini tu te retournes, t'ouvres grand ta bouche, pas de cris, et après, t'auras ta crème anti-brûlures. Hop ! Hop ! Hop ! Allez retourne toi, ouvre grand la bouche. Plouf ! Voilà, ferme la bouche, avale en plusieurs fois, prend ton temps mais dépêche toi. Retourne-toi que je mette la crème anti-brûlure. - Snif… Snif… Snif… - Allez tiens, voilà la crème, mets en partout et reste allongé le temps que ça fasse effet. Je sais normalement je te remets une couche, mais ce soir, tu restes cul-nu ma crevette, t'es au courant. - Snif… - Non après-demain, tu vas à la piscine avec moi. Mais… Et oui mon chéri, ce que j'ai fait s'appelle un rapport sexuel non protégé, grâce à toi je peux être tranquille, et toi tu vas peut être devenir tonton. - Hum… Hum… Hum… - Allez dodo

Chapitre 17 : Portivy -

Allez debout Dialète. Oui, on est enfin arrivé. Bon, on fait un tour de la grande maison. D'abord, tiens prend le sac des pièces de

remplacement. Allez on y va. Alors voyons, ok passe moi quatre assiettes. Merci. Et quarante-huit couverts. Voilà, tiens. Mets l'ancienne vaisselle dans le sac à changer. Maintenant, direction la salle de bains à l'étage. Alors… Houla, passe-moi les nouvelles serviettes et peignoirs. Voici les anciens. Parfait. T'as bien rangé l'ancien matériel. Allez tiens. Houla, attends je vais changer ta couche, au moins c'est fait. Hop ! Et voilà ! Aujourd'hui, les couches, c'est fini la journée. Tu sais je suis au courant pour les nuits où tu vas aux toilettes. Les couches sèches ça ne sert à rien de les remettre dans le sac de couche propre. Bon, allez, direction les chambres. Bon, là on change toute la literie, les draps, oreillers, protège matelas, ainsi que les deux grands matelas. Non, on ne dort pas ici, cette nuit c'est dans la caravane sans permis, et demain soir retour à l'auberge et à l'hôtel. Hein ? Oui demain je vais faire les papiers avec le voisin, et surtout avec Jean Jacques. Non ! Toi tu seras derrière dans la petite maison à faire le ménage intérieur et extérieur. Oui, je m'occupe de tout. Ah, voilà Jean-Jacques. - Hello ! Houla, un petit nouveau
! Je te présente Dialète, il est là en renfort afin de terminer avant demain soir dix-huit heures. Tiens, voilà les papiers. J'ai récupéré la pochette, et ça, c'est pour toi, voilà. Ho non ! Tu l'ouvriras chez toi, faut rien faire tomber, c'est fragile. - Encore une figurine fragile ? Allez, je retourne préparer les repas pour mes petits-enfants. Ils partent demain après-midi. - Ok, nous deux demain soir avant dix-sept heures trente, enfin si j'arrive à repartir. - Toujours la même histoire avec cette caravane ? - Non, cette fois c'est la voiture. Il faut vraiment que je remplace cette Volkswagen Coccinelle 1200 – 1962, elle a bientôt cent vingt et un ans. - Mais elle roule encore trop bien, c'était la voiture de Joseph Palaud. - Non je pense que je vais la garder. Promis, je te la vends et à personne d'autre. Bon, allez, à plus. Le lendemain. - Allez tiens, voilà tous les produits, tout est prêt, à tout à l'heure. - Hello ! - Bonjour Joëlle Danielle ! Alors voilà les documents et les cadeaux. - Ah non, je vous laisse et ha, tenez, je viens de m'en souvenir, j'aime pas oublier les dettes et je dois aller voir Dominique pour lui rendre les 420 €. À dans deux ans

! - Ou dans six mois.

Chapitre 18 : Dominique -

Allez Dialète, on y va. Voilà, c'est parfait. Attends, je coupe l'eau et l'électricité. Voilà, c'est coupé, on y va d'abord chez… Bonjour Dominique ! - Alors les Palaud ? Toujours au taf ? - Oui. - Merci Dialète, je te présente Dominique. - Il est un peu blanc. - Hum… Un peu. La plage va lui faire du bien. Allez on y va ! À dans six mois. - Ou deux ans ! - Ok. Arrivée sur la plage du Fozo. - Allez à l'eau ! Reste habillé. Tu peux y aller comme ça de toute façon, t'as pas le choix, j'ai pas de crème solaire sur moi. Allez fonce ! Hein ? Oulala, t'as un peu de température. Bon, je te porte. Hou, elle est froide.

Chapitre 19 : Sortie hôpital -

 Putin ! C'est quoi ce bordel ? Il est brûlant ! Direction l'hôpital. Merde… C'est là où Bastien est décédé… Tant pis, y a pas le choix. - Bonsoir. - Bonsoir ! Houla, Docteur Leclerc, merci. - Hum… Venez, allongez-le. Merde ! Code bleu ! Emmenez Le au bloc ! Monsieur, allez en salle de réveil. Dix heures plus tard. - Monsieur Palaud ? - Oui ! - Il est sorti d'affaire mais il a pas le droit d'aller dans une piscine ou dans la mer pendant au moins deux ans. Il a fait une péritonite doublée. - Comment ça ? Deux appendicites ? Il n'a eu que de la fièvre . Êtes-vous sur ? - Il a pas mal de cicatrices au niveau des intestins liées à des opérations chirurgicales. Il est eunuque. - Pardon ?! - Il n'a plus les glandes de reproduction, donc je conclus que vous n'êtes pas le père ? - Non je l'ai adopté il y a sept mois, il a été trouvé sur une scène de crime. Il a été trouvé en très mauvais état. Il était dans
le coma niveau quatre. Le Docteur Vanneaux, celui de mon village, avait prédit qu'il ne survivrait pas trois jours, mais il est encore là. - Je vois. Bon, vous pourrez venir le récupérer dans quatre semaines. Il est avec des patients de son âge. - À dans quatre semaines. - Pas de visite, il est pas en forme, la moindre visite

pourrait lui être fatale. À dans quatre semaines. Quatre semaines plus tard. - Bonjour Docteur. - Bon, voilà la liste des médicaments pendant deux mois. Non je plaisante. Bon, il est prêt à sortir. Voilà les factures et les mini-dosettes d'antidouleurs. - Je vais payer les frais. - Bonjour, ça fera 759 €. - Paypal ou carte bleue ? - Vous pouvez m'envoyer à cette adresse paypal. - Oui, merci. Au revoir. Alors c'est en paypal, ça va super. - Dring. C'est bon, c'est envoyé. - Heureusement que tout se paye en paypal maintenant, ça va plus vite. - Oui, à l'époque ça prenait beaucoup plus de temps. Enfin, l'évolution est aussi bien. - Allez, viens là mon ange. Oulala t'as perdu pas mal de kilos hein ?! Oui, on y va. Non tu ne rentres pas avec moi, je retourne à l'auberge. Et papy, mamie et toi, direction la maison de bord de mer. Non, on est rentré en automne, donc pas de bronzage sur les plages. Allez à dans un mois ma petite crevette rose. Amand, je te les laisse, tiens les clés du minibus.

Chapitre 20 : Entreprise Palaud et rendez-vous glacial -

 Bon, me voilà dans les archives pour le grand tri. Putin ! Heureusement que c'est tous les quinze ans, la dernière fois Bastien venait d'avoir cinq ans. Ça passe trop vite : 1955 à 1970. À vous de passer au tri intensif. Bon, trois poubelles : les plus vieux dans la première poubelle, les moyens dans la deuxième poubelle, et les récentes dans la troisième poubelle. Trois nouveaux dossiers photos de 1955 à 1970 avec les identités. Non, les arbres dans la première poubelle. Plouf. J'ai pas fini de faire du tri moi là-dedans. - Dring ! Dring ! - Allo ! C'est Monsieur Palaud, qui est à l'appareil ? - Maître NESS, je vous informe que Marguerite Le Ret est décédée des suites d'un accident de voiture. Elle ne vous laisse pas d'héritage, mais vous avez rendez-vous avec ses quatre filles après-demain à quinze heures. Je vous envoie un mail avec tous les documents à l'intérieur et le lieu de rendez-vous. - Merci Maître. - Au revoir. - Bonjour, toutes mes condoléances Ok, pas très bavard. Monsieur Palaud, je suis Martine, la première fille de Marguerite, et voici ma cousine Julie, fille de Angèle Le Ret, décédée aussi. On regrette que nos parents n'aient pas été très proches dans les moments les plus difficiles. Et on espère qu'on va pouvoir rattraper le temps perdu. - Non, je suis là par politesse, rien de plus. Je n'ai pas pour le moment beaucoup de temps à vous consacrer. J'ai beaucoup de taf et des salariés à remplacer et surveiller. Malheureusement, j'ai très peu de temps libre, et depuis le décès de mon petit frère je n'arrive pas à avoir une vie posée. Et je dois m'occuper de mon fils adoptif, donc pas mal de taf. - Je comprends, merci d'être là aujourd'hui

Chapitre 21 : Panne et réparation du serveur et contrôle sanitaire -

Merde ! Y a rien aujourd'hui, pas de serveur ! Faut que j'envoie un message, évidemment rien ne fonctionne. Peut-être mon PC personnel. Le vieux allez ! Him ! Bon, merde ! Bon, aux deux grammes ! Putin d'alimentation, heureusement que j'en ai acheté une autre. Voilà, le site ! SOS serveur HS, besoin d'intervention urgente. Voilà, pourvu qu'ils envoient quelqu'un en urgence, là ça urge. Bon, on continue. Bien sûr pas de serveur, donc pas de connexion, forcément. Heureusement qu'il y a plusieurs PC fixes dans les deux bâtiments. Allez, on prend les réservations à partir de ce PC. Je vais télécharger les procédures d'hier afin de ne pas me tromper et de ne pas prendre les mauvaises chambres. Aucune arrivée aujourd'hui, tant mieux, je vais pouvoir continuer à remplir l'auberge et l'hôtel. Heureusement que 15 % de l'hôtel est loué au mois, sinon j'aurai fait faillite y a longtemps. Trois jours plus tard. - Bonjour Monsieur Palaud, je viens pour le serveur. - Bien, allons-y Bon, je vais devoir vous changer tous les serveurs, vous allez être bloqué pendant quelques jours. - Ok, je vais faire ça à l'ancienne, ça devrait faire l'affaire. - Bonjour, j'ai un colis pour Monsieur Palaud. - Oui ? - Signez là, merci. - Génial, il vient enfin d'arriver ! Youpi ! Allez, direction la piscine pour la grande réparation. Plouf ! Ok, allez je suis parti pour au moins quatre heures de réparation. Putin de piscine solaire ! Plus souvent en panne qu'en fonction. La joie des nouvelles piscines pour mineur. Merci l'évolution ! -

Monsieur Palaud, y a quelqu'un ?! - Oui, oui, je suis là ! Que puis-je pour vous ? - Contrôle sanitaire ! - Ok, je suis à vous dans cinq secondes, le temps de couper l'eau et l'électricité de la piscine. Je vois que votre installation électrique est organisée de façon militaire, c'est très rare de nos jours. - Oui, mon petit frère était manique, au moins pour les réparations, c'est facile de s'y retrouver. - Monsieur Palaud, votre établissement n'a pas de chambre froide. - On ne fait pas de restauration, donc aucun intérêt d'avoir une chambre froide dans aucun des deux établissements. D'ailleurs, ça ne rapporte pas assez, ça coûte plus que ça ne rapporte vu le peu de clients. - Combien de salarié et de saisonnier avez-vous ? - Aucun, que des bénévoles que j'ai envoyés en vacances forcées pour cause d'épidémie de gastro. Un de nos clients l'avait, et depuis quatre jours le serveur est en panne donc je répare le matériel, et j'étais en train de réparer la piscine pour mineur lorsque vous êtes entré sans y être accompagné par un bénévole. - Oui. - Question de sécurité, j'aurai aimé, même si la gendarmerie vous accompagne, l'accident bête peu arriver. - Tout à fait ! - Ça fait partie de… - On a trouvé pas mal de saleté dans les chambres 14, 15, 17 et 18. - Elles sont fermées au public. Merci de lire les annonces et les pancartes misent sur les portes et les murs. - Oui. - Comment êtes-vous entré ? Elles sont fermées à clés et j'ai les seules clés. - J'ai une trousse de serrure au cas où. Vous avez un salarié sur votre serveur ? - Non ce sont les réparateurs qui viennent tout remplacer, c'est confirmé. - Bien Monsieur Palaud, contrôle terminé. Merci de nous avoir accompagné et reçu. On repassera dans sept jours, accompagné des gendarmes pour savoir si vous avez bien avancé dans vos travaux. À dans sept jours Monsieur Palaud.

Chapitre 22 : Réparation et visite -

Ouf ! Satanée piscine ! Bon, le panneau électrique maintenant et les prises de branchement à contrôler, et l'ajout des multiprises. Quel bordel ! En plus, il y a les chambres à désinfecter. Bon, les bénévoles reviennent dans trois semaines, j'ai intérêt à me bouger le cul ! Mon père va se foutre de ma gueule en rentrant. Je suis cul-nu à tout réparer les machines à laver, les micro piscines, et les PC de l'auberge. Heureusement que l'hôtel est fermé pour cause de panne informatique. Seuls les résidents à l'année y ont accès. Heureusement qu'ils sont présents, au moins il y a 3 500 € qui tombent tous les mois, petite compensation financière. Quelle belle idée a eu Bastien à cette époque. Heureusement que ce n'est pas déclaré intégralement, sinon je suis cuit. Le lendemain. - Bonjour Seb ! - Tiens, Gabrielle, Caroline et Nicolas. Je suis fermé, panne informatique et problème personnel. - Justement, on voulait savoir si notre petit frère avait postulé chez toi. - Non, pas du tout. - Bien, nos neveux ont travaillé ici ? Ça ne vous regarde pas, ce qu'ils font de leurs vies les regarde. Moi je les ai pas vu, et puis ça ne me concerne pas après tout, ils sont libres de leurs mouvements. Et ce n'est pas la peine de venir jouer les inspecteurs. D'autres personnes sont passées, mais des vrais, et puis je n'ai pas de comptes à vous rendre. Vous êtes même pas venus, j'ai pas reçu vos cartes de condoléances, c'est pas la peine de dire que vous les avez envoyées, ce n'est pas vrai. - Tout à fait. Merci de vos informations, à plus. Vingt minutes plus tard. - Et merde ! Encore des vis, putin ! Il a fallu qu'il en mette là alors que je lui avais dit à Bastien que ces tableaux, un jour ou l'autre, faudrait les enlever pour refaire les peintures et les papiers peints. Ah ! Ah ! Ah ! Ah ! Bon, allez, tous les tableaux dans le grenier, les peintures aussi, et les poteries de décoration aussi. Mon Dieu ! Heureusement qu'il est décédé, il m'aurait cassé la gueule. Il doit bien se foutre de ma gueule là où il est. Bon, allez, il faut aussi que je prépare la nouvelle chambre de Dialète, et aussi que j'installe les nouveaux sommiers et matelas dans les futures chambres, et aussi installer les serrures manuelles. Il m'a cassé les serrures l'autre incompétent avec les contrôleurs sanitaires. Bon, les vieux meubles, cette fois direction la poubelle. Pas la peine, le lit et les armoires vous restez encore pendant trente ans. Les mini range merde Ikea, poubelle ça ne tient pas du tout.

Chapitre 23 : Terminé -

Ah ! Revoilà mes parents et Dialète ! Bon, allez, faut vraiment que je finisse les travaux des dernières chambres. Heureusement que les papiers peints ont évolué, et qu'ils sont autoadhésifs, ils sont beaucoup plus faciles à installer et à déplier. Bon, la première chambre est enfin terminée, pour la deuxième chambre… Ah oui, la première armoire, viens là ma grande. Toi, je te place ici avec les nouveaux range merde de Ikea, le sommier et les matelas. Allez, voilà, ça rentre pile poil, rien ne dépasse, tout est rentré. Plus qu'à mettre l'équipement de sécurité intérieur et extérieur. Voilà, voilà. Plus que la troisième chambre et j'ai terminé pour la matinée. - Seb ? - Oui, je suis au tél. Dring ! Allo ? Je suis au quatrième étage. - Ok, on monte. - Non ! Allez faire le troisième étage. - Ok, on monte au troisième étage. - Parfaits, ils vont bosser, je vais enfin pouvoir finir le quatrième étage. Tiens, les contrôleurs ont pas pointé le bout de leur nez. Tant mieux ! Je vais pouvoir maintenant me concentrer sur l'auberge, et les laisser s'occuper de l'auberge. Heureusement que les grosses pannes arrivent quand je suis tout seul, quel bordel d'avoir des salariés à temps complet. Je comprends aujourd'hui, Bastien avait raison, mais j'avais raison pour les bénévoles, au moins il y a une égalité. Hoooo, Bastien, si tu étais encore là… Deux heures plus tard, au cimetière de Saint-Pierre Quiberon (56 510). - Hum… Hum… Bastien, il y a que toi qui es toujours réapparu. J'ai aujourd'hui très peu de n'être plus qu'un souvenir. Tu me manques tellement, j'arrive pas à faire tout ce que tu as fait de ton vivant : gérer les alcooliques, renvoyer les clients violents, négocier pour les réparations des branleurs du quartier… Tu étais toujours là malgré nos nombreuses disputes, et soufflant intense dans l'auberge… T'as raison, être père est plus compliqué depuis que tu es parti. J'espérais te retrouver, mais aujourd'hui peu… Hum… Bon, faut que je retourne travailler. À plus tard Bastien…

Chapitre 24 : Vérité -

 Seb ! Je peux te parler ? Voilà pour tes cousins et ta cousine… - Je suis déjà au courant, ils sont venus après ta disparition raconter un tas de conneries. Ils sont revenus une dizaine de fois, les rares fois, c'est le voisin qui prenait des notes avec Bastien. Mais je n'ai plus de contact avec eux depuis plus de onze ans, donc même s'ils sont décédés, je ne serai même pas au courant. Une chose est sûre, lorsque j'ai mis l'urne de Bastien au cimetière, le tombeau n'avait pas encore été rouvert, donc je pense qu'ils sont bien encore en vie, mais je m'en fous, à bientôt dix-huit ans, j'ai plus envie de me prendre la tête, j'ai les trois sociétés Palaud à m'occuper, et puis j'ai vous trois à surveiller. Ha ! Les contrôleurs sanitaires doivent repasser dans la semaine, mais rien de grave, la routine avec eux. De toute façon, il y a toujours des problèmes avec les contrôleurs sanitaires.

Chapitre 25 : Mise à jour financière -

 Bon, les gars aujourd'hui, Mylaine est sur l'hôtel toute la journée. Monsieur Palaud, je vous demanderai d'aller aider Mylaine à partir de huit heures dix, je m'occupe de Dialète. Les saisonniers, on vous laisse vous occuper des chambres et des piscines, et surtout des jacuzzis. Bon, allez, si vous avez toutes des cartes des nombreux systèmes ? Ok, ok, je vous laisse. Bon, maintenant qu'ils sont tous au boulot, je vais pouvoir m'occuper des papiers à faire et des commandes de produit à remplacer. Mon Dieu ! La matinée va être longue. Bon, voyons… Ok, l'hôtel est plein jusqu'à la mi-septembre, donc aucun problème pour ce côté-là niveau financier. Merde ! Je n'ai pas rentré les dernières coordonnées… Allez, Seb ! Il faut le faire ! Et à seize heures, il faut donner les devoirs à Diabète. J'espère qu'il ne fera pas trop de comédie, surtout qu'il va être super fatigué. Allez, 7 jours de comptabilité rentrent avant le 1er août 2014. Six heures plus tard. - Allez, la dernière. Voilà, je suis enfin à jour, et super en retard pour les devoirs de Dialecte.

Non, j'arrête les PC pros. Voilà, enfin ! Fini les devoirs avec moi. Ah déjà là ?! Allez, viens là, bon ce soir, c'est uniquement les maths, rien d'autre.Je sais la maîtresse ne va pas être contente, mais tu ne peux pas partir en vacances comme les autres enfants, ce n'est pas possible. J'ai trop besoin de t'avoir près de moi. Oui tu as envie de partir à la montagne, hein Dialète ? Mais c'est pas possible pour cet hiver… Peut-être l'année prochaine, si tu continues tes efforts à l'école et que tu écoutes papy et mamie. Et oui, je suis au courant de tes dernières bêtises, tiens-toi tranquille.

Chapitre 26 : Pas de prime -

 Yop ! Les gars, j'ai deux mauvaises nouvelles… Il y aura pas de prime hivernale, et pas de fermeture en décembre… Donc cette année pas de treizième mois, mais ça peut changer en fonction de l'épidémie mondiale que l'on traverse. J'accepte les lettres de démissions, si vous avez envie de quitter la boîte, je ne vous retiens pas. Ça fait au moins trois d'entre vous, cinq ans d'ancienneté. Merci de m'avoir écouté, vous pouvez retourner à vos postes. Cinq heures plus tard. - Toc toc ! Patron ? - Oui ? - Je suis sincèrement désolé mais j'ai trouvé une maison dans une autre région, je vais être père pour la quatrième fois, mais je dois changer de région. - Aucun problème, je suis déjà au courant ! Ta mère m'a envoyé par mail la bonne nouvelle. Tu es le dernier enfant de Gwenaëlle aussi, et malgré toutes les épreuves que tu as traversé, tu as réussi à fonder une super famille. Je suis au courant depuis vendredi, j'accepte ta démission. Tu peux y aller, la prochaine fois va droit au but, tu gagneras du temps précieux.

Chapitre 27 : Voyage et congé du grand patron -

 Tiens commissaire et Marie-Thérèse ! Alors comment sa va la retraite ? - Mal, on souhaite passer une nuit dans ton hôtel afin de nous changer les idées. - Aucun problème ! Alors la chambre 251 avec vue sur la piscine. Voilà la clé ! - Mon petit-fils paiera en paypal. - Ok, bon séjour. Trois heures plus tard. - Bonsoir, je viens de payer la chambre de mes grands-parents, c'est combien ? - 450 €, voilà l'adresse mail. - Merci ! Tu ne me reconnais pas ? - Si Hugo ! Mais là je suis à fond dans le taf. Ah c'est bon, paiement accepté. - Ok, à plus tard. Quatre jours plus tard. - Alors, comment se sont passés ces quatre derniers jours d'octobre ? Très mal, je comprends pourquoi tu ne prends que quatre jours de vacances tous les huit mois par année. - Hélas ! J'aurai sûrement pas le temps de me reproduire avant mes quarante ans. - Je confirme, mais on pourrait te remplacer ? - Non maman, non papa. C'est à moi de gérer ma vie professionnelle et privée, ainsi que mes salariés et bénévoles. Vous êtes tous sous mon commandement, je ferais le plus d'effort possible, peu importe ce que vous direz. C'est encore moi le grand patron dans cette entreprise familiale Palaud, personne d'autre hormis moi bien entendu. Allez, retourne au travail, l'argent ne rentrera pas seul ou par magie. Je pars en formation la semaine prochaine, mon remplaçant restera deux semaines avec vous, et si je décède, ce sera Monsieur Paillette qui me remplacera. Allez, au travail.

Chapitre 28 : Formation réussie -

 Bon, je vous dis à dans trois semaines pour le compte rendu. Pas de bêtises, et pas de feux d'artifice pour le 25 décembre 2014 ! Allez, à dans trois semaines. - Bon, Jojo Palaud, donne-moi la chance au moins cette semaine ! - T'as raison, je vais prendre la nouvelle voiture sans permis, le centre de formation est à vingt-cinq minutes de route. La vache ! Je parle aux voitures, j'espère que les formateurs sont pas trop cons ! J'imagine tomber sur des anciens clients, vu la chance que j'ai. En ce moment, tout va de travers. Allez, roule ma poule ! Bon, elle est neuve, elle vient de sortir de l'usine. J'espère que ça va rester tranquille ces six prochaines semaines. Je plains Monsieur Paillette, heureusement j'ai fait appel à lui dans le passé. - Waouh, ah oui ! Il y a pas mal de candidats. Tiens, je prends cette place-ci. - Bonjour, papiers ? - Voilà ! -

Parfait, tout est ok, bonne journée monsieur. - Bonjour, salle onze Monsieur Pillard, Palaud, venez monsieur. Bien, on commence directement par les exercices de mémoire. Combien de clients dans votre établissement au maximum aujourd'hui ? - Avec les nouvelles règles sanitaires… Alors quarante. - Question suivante : si vous avez un cas contact et que le client a déjà quitté votre établissement, deux semaines après que faites-vous ? - Trois jours de fermeture et désinfection, je précise aux clients qu'il s'agit d'un nettoyage régulier, et que ça a lieu toutes les six semaines. - Dernière question : vous avez eu un accident mortel sur votre lieu de travail, vous êtes retrouvé décédé, que doivent faire vos salariés ? - Évacuer les clients en précisant qu'il y a un incendie au quatrième étage, et que par précaution, ils doivent quitter les deux établissements. - Bon, vous avez trois bonnes réponses sur trois questions. La formation est destinée aux professionnels qui ont des difficultés plus sévères que vous. Voici votre attestation, et nouveau diplôme. - Merci.

Chapitre 29 : Diplôme -

 Hé les gars ! - Bon finalement, ça a été super vite ! - Ils ont tout changé à cause des règles sanitaires, ça a duré qu'une journée et non trois semaines. J'ai eu mon diplôme. - Comment s'est passée la journée d'hier ? - Infernal ! Les gens sont complètement à côté de la plaque, que ce soit sur les marchés ou dans les grandes surfaces, même le port du masque n'est pas respecté. Il y a un fort risque de confinement avec toutes ces bêtises, surtout que les mineurs en dessous de quinze ans n'ont pas de masques, et rien dans les mini-salles d'attente. Bon, pour les crises de Diabète, ils ont encore modifié les pilules encore en rupture de stock. Ça n'arrête pas en ce moment. En tout cas, les gens dans la rue n'ont aucun sens des règles de circulation, tous même les plus vieilles personnes ne font pas attention à quoi que ce soit.

Chapitre 30 : Malaise -

Vite ! On a besoin du défibrillateur ! Goum ! Goum ! C'est bon, il est revenu ! C'est bizarre… Préparez le scanner ! On le passe au bloc ensuite ! Deux heures plus tard. - C'est quoi ?! Merde ! Encore un, il a les mêmes symptômes… On le fait transférer, direction Boussy Saint Antoine dans le 94. - Quel service ? - Celui du Docteur Couturier Brigitte, elle a beaucoup de cas comme celui-ci. - Sauf que c'est des mineurs, il est adulte. - Elle aura peut-être besoin d'une solution d'urgence pour les organes vitaux. Préparez le transfert dans les plus brefs délais.

Chapitre 32 : Disparition - Docteur Couturier, le patient n'est plus là ! Il était en état de mort cérébrale hier soir, après un AVC. Il était là, on ne l'a pas déplacé. - Comment un patient peut disparaître ? Retrouvez le vite bon sang ! Les caméras n'ont rien vu ? - Elles sont complètement HS, comme si quelqu'un avait fait un cambriolage ! On va mettre deux jours à remettre tout en état… - Merde ! Merde !

4 ANS PLUS TARD

Chapitre 31 Lumière violette et apparition

9, tu vas où, aux toilettes ? Allez, viens ici. C'est quoi cette lumière mon chou ? Tu as vu la lumière violette ? Oui, on y va, c'est sur notre domaine. Tiens, prends l'aventurier. Allez viens-là, prends un plaid, voilà, le grand. On suit 4. Et d'ailleurs tu as une couche, tu sais que tu es puni. Merde, mon chou te pique le plaid. Calmez-vous messieurs dames, tu peux aller chercher des couvertures. Oui, arrête et va me chercher ces couvertures. 9 ferme les yeux ou c'est la raclée. Tenez mesdames, couvrez-vous. 9 ouvre les yeux, voilà les couvertures. Les deux jumeaux enroulez-vous ça autour du bassin, les cinq là-bas, tenez, faites comme eux. Bien, suivez-nous on vous conduit à l'intérieur. 9 tu fais dans ta couche, rien à foutre elle est conçue pour sept accidents donc ne trouve pas d'excuse. Voilà, attends, je vous ouvre, voilà allez vous asseoir sur les canapés, on va vous apporter des vêtements propres et des serviettes. N'appelle surtout pas le SAMU. Ils me rappellent quelqu'un, surtout les deux femmes. Les autres rien pour l'instant.

Chapitre 32 Identification

 Voilà je reviens tout de suite, hein. AHHH grand 8, viens tout de suite. Que se passe-t-il ? Merde c'est une blague ! Je le sais, c'est vraiment elles, on n'est pas dans la merde mais la ressemblance ne trompe pas, on en a deux identifiées. Attends, je sors leurs vêtements, je savais que je n'aurais pas dû les jeter ainsi que leurs paires de lunettes. Je vais les chercher, prends les lunettes. Alors mesdames, voilà pour vous et pour vous. Ah oui, là on voit beaucoup plus. Venez, gardez le plaid autour du bassin. Voilà, entrez dans la chambre. Allez, on referme la porte. Alors les hauts d'abord, on tient le plaid, mettez le manteau marine. Voilà et maintenant, on vous laisse le bas, non les culottes, voilà, et ensuite les pantalons et les pantoufles, voilà, et on vous dit la bonne nouvelle : vous êtes le Dr Moules et vous vous êtes le Dr Couturier. OK, deux sont identifiées mais qui sont les autres ? Je n'en ai aucune idée malheureusement, je vais voir avec les caméras. Attendez, deux s'appellent Palaud, c'est leur nom de famille. Les autres, je crois que c'est Le Ret le nom de famille. Palaud, ce nom m'est familier, attendez, je vais chercher dans mon album de formation. Là, ils ressemblent à 100 % aux Palaud disparus en 2014 et 2015 mais ça remonte à plus de quinze ans. Je me souviens de Sébastien Palaud, je l'avais opéré à sept reprises, il s'est défenestré de sa chambre d'hôpital. Son petit frère lui est décédé sur un bloc opératoire. Je pense qu'il doit me rester des vêtements. Oui, j'en ai deux ici, deux tenues d'école, ça fera l'affaire, merci mesdames. Je vais chercher les jumeaux, s'il vous plaît suivez-moi je vous prie. Très bien alors d'abord le haut, je tiens le plaid, ensuite le maillot de plage. Voilà bon on a retrouvé votre… On sait qui on est, nos souvenirs réapparaissent, des flashbacks. OK on a tous les deux des souvenirs différents, je me souviens de m'être endormi pour être opéré ensuite trou noir complet. Tu es décédé sur le bloc opératoire et moi j'ai subi sept opérations qui m'ont rendu stérile et j'ai fini pas être recapturé par nos ravisseurs. Aujourd'hui j'arrive à me souvenir de mon dernier jour et de mon suicide, quand j'ai atterri. Je suis mort sur le coup, je ne sais plus où j'étais, je n'arrive pas à m'en souvenir.

Chapitre 33 Vérité –

Bon ça suffit, OOOOOOOOOOH monsieur Palaud, Dr Couturier, Dr Moules, je vous connais, vous êtes tous des clones ainsi que nous cinq. Je suis la copie de Mudoume Le Ret et voici la copie de Sébastien Le Ret et voici nos trois petits garçons qui sont aussi des copies mais nous on s'est améliorés, vous ne voyez pas ? - HUUUUUM oh mon Dieu, mais vous êtes vous. - Non, on est simplement plus évolués. - Ça alors, j'ai participé et collaboré avec les extra-terrestres pour faire revivre les Palaud, tout ça à cause de Sébastien Palaud. - Tu as aidé une de mes amies à accoucher, vrai ou faux ? Et pour info c'est moi et mon grand frère ici présent qui avons renvoyé auprès de toi et ton frère tes parents et Dialecte après avoir remis les extra-terrestres à leur place. Sais-tu Sébastien Palaud que tu as été cloné sept fois ? Quand je pense que j'ai enfin réussi à te faire revivre ! Ton cerveau était beaucoup endommagé, ils l'avaient retiré une grosse partie. Aujourd'hui BEURK BEURK BEURK hum tiens la poubelle, ça arrive souvent. - Donc nous ne sommes que des copies ? - Oui mais ça ne se voit pas et voyez le bon côté des choses, vous êtes du moins pour deux d'entre vous de retour pour vous occuper de leurs enfants adoptifs et puis 9 qui est là a peut-être deux beaux-pères près à l'accueillir. – Mudoume, est-ce que nos parents étaient des copies ainsi que Dialecte ? - Oui, ils sont normalement éternels mais sais-tu que tu n'es décédé que depuis un an et toi Bastien ça ne fait que trois ans demain que tu es décédé. STOP,tous au lit et demain monsieur Palaud vous retournerez chez vous. M. Palaud Jim, viens récupérer du matériel.

Chapitre 34 Retrouver papa maman Dialecte Palaud –

Bonjour grand 4, grand 8, on a une surprise, ils sont réapparus après une lumière violette, elle n'est restée que sept secondes. Bonjour mes garçons, Bastien, six ans après tu es enfin revenu. Sébastien toi aussi tu es revenu, j'allais fêter les quatre ans depuis ton suicide. On a deux heures de route, continuez de vous serrer. GROUHM, mais où sont-ils, ils sont arrivés comment ? - Par téléportation c'est beaucoup plus rapide qu'en voiture. – GROUHM et vous voilà arrivés. Ah, Bastien, Sébastien ! - HUM MAMAN MAMAN vous m'avez manqué ! - Toi je te connais, pfff oui, tu étais avec nos ravisseurs.Écoute Myrlaine, je suis confus mais je t'ai rendu tes fils, c'est bien ce que tu voulais, alors profite de tes deux fils, beaupapa. – GROUHM sympa ce jeune homme, oh Dialecte ne va pas tarder à rentrer. - Il est en pleine adolescence, il n'écoute pas grand-chose en ce moment. – HIM PAPA allez viens dans nos bras beau-papa. - Vous m'avez tant manqué. Allez, direction la douche. - Mais je n'ai plus quatre ans. – Ah oui, il lui manque des dents. Alors montre-nous ta chambre. - Venez, maman, papa, on vous accompagne.

Chapitre 35 Verité sur 9, état de santé –

 CHUT, assieds-toi correctement, voilà tu te tiens tranquille. Voilà on fait une photo souvenir. – Super les couches ! - Oui, je les fabrique avec des vieux vêtements tout déchirés et recousus à la main. Ma machine a décidé de fonctionner pour tous les oreillers. – En tous cas c'est gentil de nous héberger, et pour 9 vous avez trouvé une solution ? - Non, on ne peut pas le garder, il n'est pas autonome. On avait espoir juste avant la mort du Dr Moules et celle du Dr Couturier, il avait bien avancé mais on l'a laissé avec ses frères pour la douche, on a entendu des cris et des bruits de fracas, ils étaient six contre lui, ils ont failli le tuer en l'étranglant. Quand on est arrivés, il était en arrêt cardio-vasculaire. J'ai perdu le contrôle et hum hum, et avec mon pouvoir de flamme j'ai cramé tous les vêtements des six autres et j'ai failli les tuer. Si grand 8 ne m'avait pas demandé en mariage après avoir ramené 9 à la vie, on a essayé des foyers et des asiles psychiatriques. Hum hum hum, on a dû à chaque fois le ramener à la maison, soit il fait des AVC ou des crises d'épilepsie. Son cerveau est endommagé, il fait encore une crise et il est en mort cérébrale. Il n'a fait pour l'instant que des petites crises mais je sais que la prochaine lui sera fatale. - Non Mudoume, j'ai besoin de toi. GROUHM que se passe-t-il ? Peux-tu soigner un cerveau malade sans instrument ? Réponds ! - Oui ! Va chercher 9, on a les mêmes pouvoirs. Oui son cerveau est endommagé, il est épileptique, la prochaine crise c'est la mort assurée pour lui. On peut essayer mais que va-t-il se passer après ? – Il part chez les Palaud en famille d'accueil. OK mais on doit réparer son cerveau avant. Parfait STOP PAF PAF maman ça suffit, toi tu colles au coin, tu ne te retournes pas ou tu vas avoir mal aux fesses. Toi tu vas à l'autre bout et pareil tu restes au coin, pas de bêtises. Toi tu restes avec nous. Allonge-le par terre, on s'occupe de lui. Petit diable 2, tu t'allonges sur son ventre et tu ne bouges pas. Lève la tête, voilà sur le matelas les jambes arrière sur les coussins. 9 ouvre, ah voilà, tu gardes cette paire de chaussettes propres dans ta bouche et tu ne bouges pas, OK, tu respires par le nez et non par les fesses. Allez, je commence, Sébastien Le Ret attend le signal HOOOOOOOOOM HOOOOOOOOOOM SHO. Il a beaucoup de lésions, je vais pouvoir lui rendre le cerveau d'un enfant de trois ans, il pourra atteindre l'âge de quarante pas plus. Allézy HOOOOOOOOOOMHOM SEN GOOOOOOU il a des convulsions. CONTINUE HOOOOOOOOOOOOOOOOOO OOOOOOOOOOHHHHHHHH. Ça y est, grand 4 et grand 8, on vient de finir, son cerveau est restauré en intégralité. Il a remonté le temps juste avant qu'il soit placé chez le Dr Couturier et après sa tentative de meurtre bien entendu. Il a besoin de dormir et d'être entouré de quatre vieux adultes. Nous on ne peut pas, vous non plus, Sébastien Palaud va être ravi. Mais il a Dialecte. - Non c'est Bastien Palaud qui est le père adoptif de Dialecte, Sébastien Palaud est son beau-père. Allez 9, viens là, les trois petits diables dans la piscine, grand 4 et grand 8 vont vous surveiller pendant qu'on va faire les courses. Dans la piscine vous aurez beaucoup plus d'avantages, ils aiment être collés aux adultes. On va être absents environ cinq minutes, on vous laisse à tout à l'heure. GROUHM allez les diables, tous dans l'eau.

Chapitre 36 Sébastien Palaud devient papa

Bonsoir les Palaud, on a rendez-vous avec Sébastien Palaud. - Oui je suis là. - M. Palaud Sébastien, par ordre du conseil, aujourd'hui tu deviens le papa de Numéro 9 et j'ai le droit ultime de te donner une raclée déculottée. Alors acceptes-tu de prendre en compte la seconde proposition ou signe ces formulaires et on te laisse Numéro 9. - D'accord, 1, 2, 3, 4 minutes, il est précisé que c'est un garçon naturiste. AH AH gric gric. Mais euh allez, viens là mon ange. - Merci monsieur Le Ret, à plus tard la famille Palaud.

 GROUHME.

Chapitre 37 Vérité éclate et deuxième rapport sexuel

- Alors Seb, comment as-tu osé ne pas m'en parler, tu as eu des relations sexuelles avec mon fils, il n'avait que quatre ans. Certes il m'a avoué qu'il était perdu sans moi, au bout de six mois je peux comprendre mais pourquoi ne m'as-tu rien dit ? Dialecte enlève tout et à quatre pattes s'il te plaît, tu vas avoir une seconde expérience mais avec moi et sans capote (AYYYYYYYYYYYYYYY AYAY) hum hum. Allez, ouvre grand la bouche GLAC aïe AHHH voilà, avale, doucement, parfait, continue, voilà c'est parfait mon chéri, tu peux rester dans mes bras ou prendre ton suppositoire et au lit directement. – Non je reste avec toi papa, mais où dormir Numéro 9

? Avec Seb, dans le même lit. Il y a deux lits et toi avec moi et Numéro 9 avec Seb, allez, au dodo

Chapitre 38 Dialecte et Numéro 9 –

Oh les gars, allez debout, oui on est vendredi. Dialecte tu ne vas pas à l'école aujourd'hui, tes profs sont en arrêt, Numéro 9 et Dialecte. - Bon petit frère, il faut aller s'occuper des papiers et des commandes. – Oui grand frère mais avant on doit s'occuper de ces deux là. - Excellente idée. – Mais je suis assez grand. – Oui mais on n'a pas le choix mais comme tu le dis il y a Numéro 9 et puis ton problème de peau est revenu au niveau de ton cou, tu ne peux pas tout faire surtout que demain tu vas faire connaissance avec les cinq Le Ret. – Sérieux ! Mais je croyais que c'était la semaine prochaine ? - Normalement mais les trois petits diables ont insisté pour te rencontrer avant. Allez, à la douche Numéro 9, viens là. Oui grand 4 m'a précisé que tu ne fais pas ton traitement sans un adulte. Hein pas de comédie, je te préviens c'est la première fois que je pratique ce genre de traitement. Allez, d'abord la douche et non je ne te laisse pas faire et oui grand 8 m'a envoyé un rapport à l'écrit : quand on te fait confiance sur une chose, n'importe laquelle, tu fais tout l'inverse. Allez, enlève tout ça, moi aussi d'ailleurs, eh oui je me lave en même temps que toi comme ça tu ne pourras pas me faire de mauvais coup. Allez dans mes bras, heureusement il y a deux douches dans cette chambre. (Vingt minutes plus tard) Attends, je me… hé arrête un peu la comédie Dialecte. Wouha directement le rapport sexuel, il faut bien récupérer mes quatre ans d'absence vu ses notes à l'école, ensuite il va avoir son traitement, le même que Numéro 9, tu as raison (AYYYYYYYY). Voilà même le traitement avant le lavement intérieur. D'après le mode d'emploi, il faut enfoncer les tuyaux à sept millimètres et AY. C'est bon Dialecte, allez avale tout ça, voilà je te laisse digérer, reste à quatre pattes (Ay). Allez Numéro 9, avale, tu restes à quatre pattes pendant que je prépare le matériel. OK voilà la crème sur les bords des tuyaux. La sonde à sa place plus l'aspiration, voilà,

ATTENTION les gars on y va (AAAYYYYYYYYYY) (AYYYYYYYYY). C'est bon, c'est inséré, on envoie le premier produit, maintenant on démarre le programme dans 2, 1 (aïe aïe hum hum hum hum). - On attend combien de temps ? Sept minutes, mais on peut enlever les tuyaux lorsque les bobines… La vache elles sont quasiment vides. Elles étaient à moitié vides, on peut arrêter le tuyau qui envoie le produit et laisser les aspirateurs continuer à désinfecter. OK c'est bon, voilà les gars c'est fini, en tous cas ça marche super bien comme appareils. Grand 4 et grand 8 ont dû avoir des relations sexuelles avec leurs grands frères, il a subi la colère de ses grands frères qui ont voulu le tuer en l'étranglant, grand 4 et grand 8 sont arrivés tout juste. Il a eu des lésions mais grâce à Sébastien Le Ret et Mudoume Le Ret, les lésions ont été soignées, ils sont bons médecins. Je ne sais même pas comment ils ont fait ce miracle. – GROUHM HELLO les culs-blancs, on y va, c'est l'heure, Sébastien Le Ret n'est pas patient. Mais on leur met leurs vêtements ? - Oh, pas la peine, il y a une piscine chez les Couturier. Ils sont attendus et puis j'ai des horaires à respecter et puis de toute façon nous les adultes avons tous fait la guerre et des culs-blancs, il ne manque que ces deux-là. Allez, collez-vous tous à moi et c'est parti, GROUHM.

Chapitre 39 Piscine

Allez hop, dans la piscine et en plus onze camarades vous a… NON NON NON HUM HUM MAMAN NON NON MAMAN. C'est bon arrête j'ai compris allez allez reprends toi. HUM HUM HUM MAMAN. Je t'expliquerais plus tard Mudoume. OUI j'ai la protection. WOUAH vous aussi vous en avez plusieurs, il faut bien mater les petits diables qui n'écoutent pas les grands et qui nous font des crises colériques, tout ça parce qu'on leur dit non pour un truc. Mais j'avoue que les fessées déculottées devant tous les enfants de grand 8 et grand 4 semblent donner de meilleurs effets certains jours. Je vais préparer le cadeau. Grand 4 et grand 8 sont dans leur usine pour la semaine entière, ils ne rentrent qu'à partir de 17 h 30. Ils ont vraiment de la chance d'avoir leur propre entreprise touristique. Les enfants, on est dehors, si vous avez besoin de quelque chose.

 Chapitre 40 Désinfection et crise colérique (8 heures plus tard) – Allez les gars, vous allez manger ce soir des hamburgers maison. Les trois petits diables, vous passez en priorité, après le repas on ne va pas vous louper. Les gars attention, c'est très chaud. Merci. (AHHHAAAAAAAAAAAAAAAA) Ça va pas PAF (AAAAAAAAAA MAMAN). Allez au lit sans manger et en plus tu n'as pas de chance, c'est à l'auberge Palaud que tu dors ce soir. Mudoume, tu peux me GROUHM, allez hop au dodo. Non heu, Numéro 11 tu dors ici ce soir et en plus tu n'as pas de chance (AAAAAAAAAAAHHHHHHHH MAMAN PAPA) tu resteras attaché sur moi jusqu'à ce que tu sois calmé. MAMAN allez reprends-toi (hummmmm). Bon et d'un au lit, à qui le tour ? Ouf quelle journée. – Bonsoir, alors comment ça se passe ? Bien sauf pour le Numéro 11 qui vient de faire une crise, il dort à l'auberge Palaud ce soir. – Aucun problème, je présume que les autres se tiennent à carreau. Pour (AAAAAAAAAA NON NON) GROUHM GROUHM chut chut tu te calmes, regarde, regarde-moi, respire, voilà respire (HUM HUM MAMAN). Assieds-toi là, colle-toi à moi. Alors Numéro 10, toi aussi tu n'as pas envie du dessert ? (MAMAN HUMMMMMMMM). Maman, ouh là, ouvre grand la bouche, dis donc, t'aurais pas des dents cassées pas hasard ? MAMAN (AYYYYYY). OK, si c'est… Hein bon ouvre la bouche, NON NON on ne peut pas te soigner si tu ne nous dis pas où tu as mal. OK hum là, ici et là. Voilà Sébastien Le Ret (NON NON) GROUHM, oui. Connais-tu un dentiste, ils ont les dents cassées, j'en ai compté huit environ mais ils sont au moins cinq ou quatre petits (cons). Mudoume va être content, on vous a gardés toute la journée et vous n'avez pas avalé les médocs que je vous ai confisqués. C'étaient des antidouleurs (pitié). Mais dis-moi Seb, t'as pas le pouvoir de guérir toi aussi ? – BOUF bonne question. Montre ton doigt. Aïe, vas-y, OUVRE, Numéro 10. Voilà, laisse couler des microvirus (ATTENTION). C'est impressionnant ! Voilà Numéro 10, mais tu vas au lit quand même (HEIN). Allez Numéro 11, ouvre hop, et tu ne t'es pas coupé avec le couteau. J'ai des micro trous dans les doigts, c'est par là qu'ils sortent. D'ailleurs toi aussi c'est au niveau des bouts des doigts. Ah oui, j'aurais dû regarder là avant de passer la lame. - Pour quelle raison vous ne nous avez rien dit ? On ne veut pas aller à l'école demain parce qu'on a nos amis qui passent en coup de vent, on ne les a pas vus depuis nos cinq ans. 4 et grand 8 ne veulent pas qu'on les voie et qu'on passe la journée avec eux mais on n'en peut plus de leurs mensonges. C'est pas la première fois, à chaque fois c'est pareil, il y a l'équipe de FUSION DE LA MORT et L'ÉQUIPE DU PETIT SAMOURAÏ mais à chaque fois on ne les voit jamais. Ça fait cinq ans que ça dure depuis la mort du Dr Moules et celle du Dr Couturier, cette fois-ci ils ont encore dit qu'on est à l'école ou internat à la semaine. – Mais si c'était lié à ce que vous avez fait à Numéro 9, ils auraient une bonne raison de vous priver de voir ces deux équipes ? - Mais cinq ans je trouve que ce n'est pas justifié, quatre ans d'accord, j'aurais fait pareil.

Chapitre 41 Deux petits diables + un qui passe à la casserole

 J'ai une idée, j'envoie l'info à Mudoume, il va être ravi. (Pendant ce temps-là sur le domaine Palaud) Hein les gars, vous dormez tous à l'auberge Palaud, épidémie de gastro-entérique donc tous au lit ce soir avec des couches et bien entendu afin de vous aider à guérir mieux,rien de tel que les bons suppositoires. En plus vous évitez les machines nettoyant à l'intérieur de vos anus mais le suppositoire adulte est beaucoup plus douloureux. Pas de chance, allez tous en rang d'oignon. GROUHM GROUHM et oui mes trois petits diables, vous c'est la machine et deux suppositoires pour adultes à chacun d'entre vous. Sébastien Le Ret, GROUHM oui je suis là et près, je prends celui du milieu. Parfait celui de gauche vous passez en une allée à quatre pattes,on vous branche (aïe aïe) allez le dernier (aïe) allez ouvre la bouche, voilà suce-moi bien, ce soir tu recevras quatre rapports sexuels. Eh oui, moi et Seb avons besoin de passer un peu plus de temps avec toi, ça fait bien deux semaines qu'on te laisse tranquille. OO la bobine est presque vide, très bien les loulous, on va pouvoir vous passer à la douche. Bon j'arrête la machine, Seb tu peux les débrancher ? 2 arrêtez cinq minutes, allez les jumeaux, direction la salle de douches, vous passez, lui il reste à quatre pattes. Allez, à quatre pattes. AAAAAAAAAAAH tiens, suce. Les jumeaux, lavez-vous, si j'arrête de m'occuper de son joli cul, c'est les deux suppositoires en dix secondes d'intervalle. (15 minutes plus tard) Les jumeaux, sortez de la douche, parfait, allez vous allonger sur notre lit. Vous mettez quatre serviettes sur le lit, j'arrive dans moins d'une minute, je vais leur mettre le suppositoire. OK non non mon ange, ouvre grand la bouche, voilà, suce bien ta récompense, ce soir tu vas bien dormir. HUM HUM chut chut chut allez suce encore un peu, voilà c'est bon, y en a plus. Allez dans mes bras mon ange. Ah non, pas encore le lit, bouge pas, il faut que tu sois au moins lavé (aïe aïe) c'est bon hum tu vas sentir la framboise et oui (AAAAAAAAA AYAYAYAY MAMAN PAPA STOP ÇA FAIT TROP MAL NOOOOOOOOOOOON). Quelle bande de comédiens, hein toi tu ne cries pas quand on a des rapports sexuels, eux t'as vu ils hurlent juste pour un suppositoire pour adulte. Allez, je te rince et direction le lit, bien sûr tu restes mouillé, ils ont normalement mis quatre serviettes dont il n'y a aucune chance que le lit soit mouillé. Ouh toi tu as bien mangé, c'est parfait, demain tu vas à la plage avec tes deux frères, nous on est absents pour la journée. C'est le grand 4 et le grand 8 qui vont s'occuper de vous. D'ailleurs il faudrait peut-être que je me renseigne. Grand 4 excuse-moi mais tout à l'heure j'ai eu l'impression que grand 8 a… Oui, il a une maladie mystérieuse, il dort entre six heures et dix-huit heures, le Dr Couturier et le Dr Moules sont décédés avant d'avoir pu trouver un médicament et son frère.

 Chapitre 42 Réunir

Grand 8, Numéro 1 vit aujourd'hui à l'étranger, ils sont fâchés entre eux. Il n'a gardé que contact avec moi mais il prend régulièrement des nouvelles de ses huit frères. Il n'est jamais revenu avec le décès du Dr Couturier et du Dr Moules, il me manque mais aujourd'hui il est père et ne veut pas revenir sauf s'il a une raison valable. Il est coincé mais je pense que maintenant que nous sommes revenus, un instant Dr Couturier et Dr Moules, vous n'êtes que des copies rajeunies. Je sais ce que vous voulez mais je vous mets en garde, si je rassemble votre famille, je dois donc m'occuper de ma famille. Il se trouve que je ne connais pas ce Bastien et Sébastien Palaud. J'ai retrouvé mon arbre généalogique et ce n'est pas mon frère, celui qui s'est jeté par la fenêtre de votre ancien lieu de travail. Oui je me souviens, j'avais emmené à l'époque tous mes enfants adoptifs, je faisais des recherches sur votre maladie génétique. Aïe, ça va j'ai compris, Seb, tu peux venir s'il te plaît ? Oui, tiens prends-le et demain on reste ici. Ah bon, changement de plan, toi et moi on est au bloc, deux patients de dernière minute. Ah, il y a aussi un certain Yacine, je sais où il travaille en Russie mais il a coupé tout contact après la mort du Dr Moules. C'est votre fils Dr Moules, je vois donc trois patients, on va se régaler.

Chapitre 43 Justesse

(Lendemain) - Les gars je fonce en Angleterre, on est confiné donc on ne sort pas. Mais le grand Numéro 8 est entre la vie et la mort, t'as pas compris donc GROUHM. - Où sommes-nous ? - Devant l'hôpital, après toi et le masque obligatoire, je déteste cet endroit. Je te reçois Seb, parfait, bonne chance et bon appétit. - Un souci ? – Rien de grave, Seb a seulement très faim. Bonjour, chambre 245, merci beaucoup. Mais comment t'as fait si tu savais tout ce que je fais ? En général il y a ses enfants et sa femme avec lui. OK je ne connais aucun d'eux. Rien à foutre, on récupère le grand casse-pied Couturier et on rentre tranquillement. Seb a ramené Yacine, il a fait vite, il a ramené du miam miam miam pour les petits diables. Au moins ils vont être super fatigués quand je serai rentré en ta compagnie. Stop, bonne journée messieurs, il est dans un mauvais état. Seb, prépare le bloc et demande aux deux Palaud, Dr Couturier, Dr Moules et à nos trois diables, ça risque d'être chaud. AAAAH O MON DIEU NON, QUI ÊTES-VOUS, SILENCE. Je suis son beau-frère et là voici grand 4 mon fiancé, permettez mais on aimerait rester seuls un moment avec lui s'il vous plaît. Merci. Venez les enfants, on revient dans moins de quinze minutes, à tout à l'heure (PAF). Détache les perfusions et les tuyaux. - MAIS que faites-vous ? GARDIEN GROUHM BOUM AY. - OK, commencez la réparation. PAPA LÈVE-TOI PAPA, NON HEIN chut mon chéri tu PAF AY il s'est passé quoi, on s'est enfui OK HIM HIM HIM HIM HIM HIM HIM HIM HIM HIM HIM HIM HIM HIM HIM HIM HIM HIM HIM HIM HIM HIM HIM HIM HIM. - Que s'est-il passé ? - Restez allongé, on vous a ramené de loin, vous êtes sur le domaine Couturier en Bretagne, non en Angleterre. OK vous restez allongé, on a une surprise pour vous mais d'abord savez-vous ce que c'est un clone humain ? – Oui mais ça n'existe que dans les dessins animés ou séries télévisées comme X-file, Aux frontières du réel. – Eh bien non, je vais vous présenter deux personnes que vous avez perdues il y a longtemps, mortes à cause d'un cancer. Je m'appelle Bastien Palaud et je suis un clone, une copie d'un humain né sur cette planète il y a cent cinquante ans mais pour l'instant restez allongé, je vais vous donner un calmant et à votre réveil vous aurez une bonne surprise. À tout à l'heure.

Chapitre 44 Vérité révélée

(MAMAN MAMAN AAAAAAH) – Voilà encore une crise de jalousie. Numéro 9, c'est la quatrième en moins d'une heure aujourd'hui, tu es à fond. Bon et en plus tu n'es même pas en maillot de plage, franchement tu déconnes. Ah Dialecte, viens ici s'il te plaît, as-tu vu Bastien ? - Oui tonton, il m'a collé une fessée et j'ai pas compris sur le coup. – Très bien, tiens prends-le, allez viens Numéro 9, et pour ta fessée, il avait besoin de libérer la pression et puis s'il ne t'avait pas mis la fessée, je te l'aurais mise et puis d'ailleurs ça ne serait

pas à cause de ton zéro en maths pour la fessée ? - Peut-être. –
Bon allez, je vous autorise à aller à la plage et de toute façon aller à
la plage les rasperry 3 ou 4, c'est uniquement le soir après avoir
mangé. Je viens dans vingt minutes. Et les jumeaux Palaud, vous
n'oubliez pas quelque chose ? Mes trois petits diables d'amour,
suppositoire, rapport sexuel ou une bonne journée à la plage avec
vos cousins Palaud. Que choisissez-vous ? Et vous n'avez pas
oublié ? AAAAAAAAH. Allez, foncez à la plage. - Ouf les voilà
partis, une bonne idée M. Sébastien Palaud. Seb il faut que je parle
à ton père ou à ta mère. GROUHM. As Tu besoin de nous, Seb ? -
Lui non moi oui, j'aimerais savoir où vous apparaissez. Voilà mon
livret de famille, il se trouve que Sébastien Palaud n'est pas mon
frère que j'ai connu, voilà des photos de lui avant sa disparition. -
Tu fais partie des descendants de Eugène Palaud, nous c'est côté
Joseph Palaud. Hélas je n'ai pas connu mon père assez longtemps,
ma mère est tombée gravement malade et à douze ans elle est
décédée. J'étais enfant unique, j'ai fui la région parisienne, les
militaires, les forces de l'ordre, la DDASS, j'ai réussi à les semer et
j'ai rencontré Myslaine. Quelle triste période de ma vie, j'ai essayé
de rentrer en contact avec mes cousins côté Eugène Palaud sans
grand succès. Aujourd'hui tu m'as retrouvé, toi, l'un des
descendants d'Eugène Palaud. – Mes frères m'ont parlé de toi, tu
as fui car t'avais le choix entre foyer d'accueil ou famille d'accueil. –
Je suis ravi de t'avoir rencontré Tonton Jim Palaud mais je dois
savoir si mon frère aîné est en vie. – Je n'ai pas souvenir de l'avoir
vu dans le vaisseau de nos ravisseurs. On peut essayer autre
chose, on ne vous garantit pas que ça fonctionnera.

Chapitre 46 LK fin de carrière –

 GROUHM HEIN Mudoume oui pour quel motif tu viens de
téléporter un de tes diables ? - Pardon Seb, je n'ai rien fait. J'en ai
deux, le troisième est avec toi. – Ah non putain mais oui je suis con
par moment, le détecteur internet. Jorh, repère le salaud, que fait-il
aussi loin ? GROUHM LK lâche-le. - Maman ! - Ça va aller mon

chéri. – Mudoume je suis sincèrement désolé pour la dernière fois, on avait subi une violente attaque. J'ai évacué tous ceux que je pouvais, les trois autres sont morts, l'ancien vaisseau est détruit. J'ai capturé ce p'tit diable pour que tu viennes le récupérer dans mon nouveau vaisseau. – GROUHM LK que se passe-t-il encore ? – Je pars en retraite et je voulais vous dit adieu mais je regrette de vous avoir capturée il y a deux cent cinquante ans. – Arrête, j'ai encore besoin d'un service Seb Palaud. Tu me reçois cinq sur cinq ? – Que puis-je pour toi ? - As-tu le numéro 9 ? - Oui, il vient de sortir de la sieste. - Je te l'emprunte quatre ou cinq jours ? - Pas de problème GROUHM, du calme numéro 9, son cerveau est gravement endommagé, on n'a pas réussi à soigner autant de lésions, il manque des morceaux de cerveau. Peux tu le cloner ? - Pas de problème, tiens le nouveau scanner AA. Ouvre la bouche mon chou. Tu le tiens pendant dix minutes, il doit bouger le moins possible. Parfait, un tranquillisant, voilà il faut qu'il dorme pendant la guérison de son cerveau. C'est bon, tout est rentré, dans quarante-huit heures il sera comme neuf, jeux de mots.

Chapitre 47 Clonage réussi

(Trois jours plus tard) -

Au final vous repartez avec sept clones. J'en compte six. – Mudoume ! – Hein, oui, c'est mon clone jeune et c'est votre femme à tous les deux. Oui, une maman pour les p'tits diables sera un plus pour les numéros 9. Tu as deux filles, deux garçons, deux eunuques. J'espère que tu feras attention. Numéro 9 principal, ton père va être content, son cerveau fonctionne à cent pour cent mais j'ai dû transférer sa mémoire dans un nouveau corps, tous ses souvenirs sont revenus, il ne fera plus de crises d'épilepsie ainsi que les autres numéros 9. BORF je vous dis adieux, le vaisseau retournera automatiquement à sa base. - Adieux GROUHM Dr Couturier et Dr Moules. Je vous informe que vous êtes arrière-grand-mère à nouveau. Numéro 9, étiquettes 5 et 6, allez dans les bras de votre grand-mère - Ce sont des filles ? - Oui cette fois uniquement. - Sébastien Palaud et Bastien Palaud, vous me recevez cinq sur cinq. On est tous les deux là, Dialecte et ses grands-parents sont au lac. Que puis-je faire pour toi Bastien et à côté ? - Je te renvoie tes quatre garçons. - GHROUM, bonne chance Palaud. – Et les amis, on vous présente LK notre femme à tous les deux et la maman des trois diables.

Chapitre 48 Explication –

Mudoume Le Ret, Sébastien Le Ret, expliquez-moi ce bordel ! Je vous ai envoyé le numéro 9 et je me retrouve avec quatre numéros 9 et en plus aucun d'eux ne fait de crise d'épilepsie. Vous êtes sérieux ? - Bonjour LK, ravi de te revoir, comment vont tes gosses ? - Arrête Palaud, c'est un clone. LK est en retraite, elle avait capturé un de mes p'tits diables et a enfin arrêté ces expériences. Je lui ai seulement demandé de guérir numéro 9, chose impossible sans passer par le clonage dont oui tu te retrouves avec quatre numéros 9 cent pour cent guéris et cerveau fonctionnel à cent pour cent. Aucun d'eux n'est épileptique, par contre tu es papa et Bastien est oncle quatre fois mais le Dr Couturier et Moules, elles sont arrière-grand-mères dont tu vois, tu n'es pas le seul à avoir un super cadeau et en plus tous les labos sont détruis donc plus de possibilité de côté-là et je te présente ma femme LK. Bien entendu elle est mariée à nous deux, entre moi et Sébastien Le Ret. - Et comment t'as fait pour venir ici en moins de dix secondes ? - Très simple, j'ai simplement appelé un de tes diables, celui qui est puni et en échange d'un paquet de bonbons, il m'a téléporté ici. – Hum pas mal, les deux autres sont à la plage et on ne capte pas très bien ici. P'tit diable, viens là dans mes bras. Alors comme ça on fait des bêtises ? Tu sais que tu vas avoir une belle récompense. - Bon M. Palaud, excusez-moi mais j'ai à faire. – Une minute, le numéro 9 avait entre 5 ans et 17 ans d'âge mental, maintenant que tu les as fait cloner, ils ont tous les quatre 19 ans et sont un peu rebelles et deux sont insupportables, ceux qui sont eunuques. – Euh oui, c'est vrai que ce détail m'est complètement sorti de la tête. P'tit diable numéro 1, va à la plage, montre cette étiquette à SEB, je lève ta punition. arrière-grand-mères dont tu vois, tu n'es pas le seul à avoir un super cadeau et en plus tous les labos sont détruits donc plus de possibilité de cloner des êtres humains et de les transformer en monstre. Donc on est tranquilles pour ce côté-là et je te présente ma femme LK. Bien entendu elle est mariée à nous deux, entre moi et Sébastien Le Ret. - Et comment t'as fait pour venir ici en moins de dix secondes ? - Très simple, j'ai simplement appelé un de tes diables, celui qui est puni et en échange d'un paquet de bonbons, il m'a téléporté ici. - Hum pas mal, les deux autres sont à la plage et on ne capte pas très bien ici. P'tit diable, viens là dans mes bras. Alors comme ça on fait des bêtises ? Tu sais que tu vas avoir une belle récompense. - Bon M. Palaud, excusez-moi mais j'ai à faire. – Une minute, le numéro 9 avait entre 5 ans et 17 ans d'âge mental, maintenant que tu les as fait cloner, ils ont tous les quatre 19 ans et sont un peu rebelles et deux sont insupportables, ceux qui sont eunuques. – Euh oui, c'est vrai que ce détail m'est complètement sorti de la tête. P'tit diable numéro 1, va à la plage, montre cette étiquette à SEB, je lève ta punition.

Chapitre 49 Examen douloureux –

 M. Palaud, GROUHM, bon où sont les patients ? - Par ici, voilà. – Ouh, maman papa, ils ont fait quoi cette fois-ci ? - Ils ont tapé leurs têtes contre les murs. Ils se plaignent de violentes douleurs au niveau du bassin. – Allez les gars, montrez-moi vos bijoux de… - Euh effectivement, bouge pas HIM HIM HIM HIM HIM HIM HIM, montrez-moi vos têtes. Ouh là les gars, c'est pas sérieux. Seb, peux-tu m'envoyer un de tes p'tits diables ? Merci. – GROUHM p'tit diable numéro 3, tiens tu peux soigner celui-là - Merci HIM HIM HIM HIM ne bouge pas HIM HIM HIM HIM HIM (Sept minutes plus tard) – Et voilà, comme neuf, ce soir vous dormez à la clinique. Par contre on doit vous faire passer des scanners et IRM par précaution. P'tit diable numéro 3, retourne à la plage. – GROUHM ouf bon les gars on y va. – GROUHM allez, prenez place sur les plus grands lits, attendez. Voilà, je mets les draps de protection ainsi que les équipements de sécurité. C'est bon, allez, à quatre pattes messieurs AAAAAAAAAAAAAAAHHHHHHHHHH, respirez profondément c'est juste le début. - Je ne sais pas à quelle heure votre examen sera terminé donc prenez des bonnes doses de respiration YYYYYYYYYYYYYY.

(Quinze minutes plus tard) -

J'ai bien fait de mettre les protections. Bon les gars, mauvaise nouvelle, vous partez au bloc demain à 11 heures pétantes. Allez, direction la salle des malades tout droit à droite ensuite GROUHM. (Clinique Jeannette Le Ret à Pontivy 56) - Dr Le Ret, Dr Palaud, où êtes-vous ? - Ici mais ne criez pas si fort, vous allez réveiller les patients. On a enfin trouvé un médicament pour leur enlever une bonne partie des traces noires. - Parfait, j'ai besoin des deux blocs opératoires pour demain 11 heures. – Aucun problème, mais il nous faut à nous du personnel. Personnellement, j'en suis à GROUHM. – Mais votre personnel de remplacement ? – Allez vous reposer Dr Palaud, on prend les rênes temporairement

Chapitre 50 Opération et reparage des défauts sur les clones numéros 9, 3 et 4 + trois patients yeux noirs

 Bon, on y va. Voilà, je vous branche sur tranquillisant et je vous dis à demain mes loulous. On est prêts à commencer les réparations et les remplacements sur les zones endommagées. (Sept heures plus tard) Parfait, ils sont tirés d'affaire. Patient suivant. Oh, il a trop tiré sur l'alcool celui-là, on va devoir reformer toutes ses parties. On va y passer pas mal de temps. Hum, appelle l'équipe pelda pour commencer à faire les remplacements et les recharges de dose. On va avoir pas mal d'horaires supplémentaires et non rémunérés. Pas le temps de toucher le salaire, il y a toujours des remplacements à faire ou des tours de garde. (Quatorze heures plus tard) Allez au dodo, sauf si on nous ramène encore un patient. (Trois jours plus tard) Bon, j'ai plein de bonnes nouvelles. D'abord on a réussi à soigner quatre-vingts pour cent des patients aux yeux noirs mais il nous reste encore pas mal de taf pour supprimer définitivement l'encre noire qui revient au bout de sept jours. Mais on a beau pomper toute cette encre noire, son corps en produit toujours plus. Malgré nos efforts, on vient de remettre ces patients dans un état à peu près présentable. Ils ont retrouvé un poids convenable, environ 80 kilos. Ils sont toujours en réanimation en attendant leur réveil. Nous avons fait des recherches sur d'autres médicaments mais rien de concluant.

Chapitre 51 Les numéros 9 retour à la maison et examen sur dix patients

– Allez les numéros 9, vous êtes prêts ?

GROUHM

et voilà deux lits de libérés, allez, plus que sept patients à prendre en charge et à soigner. Allez messieurs, on y va, ouvrez la bouche.

HUM HUM HUM HUM HUM HUM
Voilà messieurs, vous pouvez retourner dans la salle d'attente. Patient suivant ! WOUHA, quatre patients, ouvrez la bouche. Voilà

OUF HUM HUM HUM HUM HUM HUM HUM HUM.

Voilà messieurs allez, attente en salle d'attente. Seb va prendre vos prénoms et numéros de série. - Merci, à plus tard.

(Quatre jours plus tard)
Bonsoir messieurs, allez, tous à quatre pattes, écartez bien les cuisses voilà.

AAAAAAAAHHHHHHHHHHHH BREUK HUM.

Parfait messieurs, vous restez à quatre pattes, je reviens avec la machine. Viens-là ma chérie, parfait, hop hop, voilà deux jolis beaux gosses. Terminé, levez-vous, les deux autres dans sept minutes ça sera terminé et on vous emmènera en chambre stérile

 Chapitre 52 Plage Fozo –

Ça suffit, je veux retourner chez moi ! Hé là, vous entendez, je veux retourner chez moi ! Mais répondez bien sang. - La grande gueule et les cinq p'tits cons, venez avec moi. Allez, collez-vous, on ne bouge pas.

GROUHM

voilà les trois p'tits diables, on vous laisse vos six amis là. Je reviens les récupérer dans onze heures, à plus tard la grande gueule, pas de bêtise ou de comédie. Je serai au courant dans les plus brefs délais, c'est clair. – Oui très clair. – À ce soir.

Chapitre 53 Rébellion – Et maintenant tu ne bouges pas, on a des otages. On exige de voir le responsable de ces installations. – Mais je suis le responsable. – Ah oui ! Alors qui sont les deux autres ? – Les mêmes qui ont le choix simple de vous priver d'air et de vous voir mourir. Lâche tous les otages, s'il n'y a plus d'air, vous mourrez, alors une seconde fois, regarde, j'ai toutes les preuves ici. Acceptes-tu de voir la vérité ou pas ? Alors lâche les otages et je viens à toi avec toutes les vérités intégrales. – Marché conclu. – Oui, amène et lâche les otages.

Chapitre 53 Vérité difficile –

Merci messieurs. Voilà les preuves en vidéo et photo ainsi que tous les documents précisant votre âge. Impossible, vous mentez, on est déclarés morts, tous morts. C'est quoi ce délire, d'un côté je ne me souviens plus de ma date de naissance ni de mes souvenirs qui prouvent que vous n'avez pas fait des choses horribles sur nous. Hein mais répondez, qui êtes-vous à la fin ? Et c'est quoi ce bordel, vous ne nous dites rien et ne faites que des tests et encore des tests ! Qui êtes-vous à la fin ? Vous êtes tous nés en laboratoire, aucun d'entre vous n'était dans ce corps à sa naissance. Vous êtes tous nés dans un laboratoire, vous avez été créés par une salope du prénom LK. On vous a tous téléportés ici et cette salope vous avait déjà implanté dans ces corps. On ne peut plus vous retirer de vos enveloppes actuellement, c'est impossible sans vous tuer et puis de toute façon, vous allez être envoyés dans votre famille d'accueil dans moins de sept heures chacun, sauf les quatre adultes qui sont décédés de mort cérébrale. Remarquez, ils allaient avoir plus de 90 ans donc on les a laissés repartir au ciel en paix. Vous serez tous les six placés dans la même famille d'accueil sauf si vous tentez de vous suicider ou des fugues. Qu'en dites-vous ? – Quelle famille voudrait de nous six ? On est des revenants, on est nés en laboratoires et en plus on n'a que des yeux noirs alors qui ? – Hum, vous n'êtes pas les seuls à avoir été créés par cette salope.

Chapitre 54 Téléporté en famille d'accueil

Allez, c'est l'heure, collez-vous. Voilà

GHROUM.

Bienvenue à la place du Fozo. Je vous présente le Dr Couturier et Dr Moules. Alors les trois filles, vous allez avec l'équipe formule 1, voilà, et les trois garçons vous allez avec les trois p'tits diables là-bas. Voilà, tous placés en famille d'accueil. Question ? Oui Dr Moules ? - On n'a que les filles ? - Oui, à cause des RIN NA RIN NA RIN NA. Je vois et puis les gars et les femmes surtout pas ensemble. On n'est pas encore prêts à devenir grand-père et tonton. Non, pas de comédie, on sait de quoi vous êtes capables, l'équipe formule 1. Bon les garçons, on a rendez-vous à l'auberge. Palaud Sébastien et Bastien Palaud sont de corvée lessive. Allez mes loulous, dans mes bras,

GROUHM

Chapitre 55 Bain moussant avec les six garçons

Allez les gars, tous dans la baignoire ! Venez nous rejoindre. Allez diable numéro 2 et diable numéro 3, venez là. Les trois yeux noirs, vous allez au milieu de la baignoire, on va s'occuper de vous trois en priorité. Voilà p'tit diable numéro 1, viens là, tu choisis un des yeux noirs et tu le prends sur tes genoux. Tiens assieds-toi là. Voilà, choisis, lui avec la gueule de cheval. Allez, va sur ses genoux. Voilà, reste tranquille et ne fais rien du tout. OK, diable numéro 3, viens t'asseoir entre moi et Mudoume. Celui à la jambe bleue, viens sur ses genoux. Voilà, tu ne bouges pas non plus. Bon les gars, demain tous à la plage sans maillot de plage. – Hein ? – Oui, vous n'avez pas ramené tout votre linge sale. C'est quand même la quatrième fois qu'on vous demande de ramener votre linge sale.

Chapitre 56 Plage Martinal

Allez les garçons, on vous laisse toute la matinée à la plage mais cette après-midi, vous allez bosser dans la cave et dans la cour. Eh oui, grand ménage, on est dimanche et c'est le dernier de juillet donc on vous laisse tranquille jusqu'à demain 15 heures. Profitez-en, allez à la plage.

(Trois jours plus tard)

Bon les gars, on vous laisse décider aujourd'hui entre l'auberge Palaud ou la maison de grand numéro 4 et grand numéro 8 mais attention, pas de comédie, sinon tous à quatre pattes avant le toucher rectal sans latex sauf pour les trois p'tits diables. Eux ils auront leurs copains les suppositoires pour adultes. Hein les gars ! Bon, on vous envoie chez grand numéro 4, comme ça vous pourrez jouer avec grand numéro 8 à la console sauf les trois p'tits diables, Bastien Palaud a besoin de votre aide. Les trois yeux noirs, pas de crise de violence ou sinon toucher rectal.

GROUHM

GROUHM.

Enfin tranquille on va pouvoir passer à autre chose. Je vais changer les draps

Chapitre 57 Rentrée des classes –

 Les yeux noirs et les p'tits diables sauf diable numéro 2, demain vous retournez en classe mais attention, le professeur LK n'aime pas les comédiens et en plus votre classe se trouve là dans l'autre mobil home et vous risquez de travailler avec Dialecte et les numéros 9. Ils ont des examens à rattraper et des cours sexuels à effectuer. Donc pas de comédie, vous commencez demain à 9 heures pile, on vous réveillera. Diable numéro 2, toi tu seras avec nous demain toute la journée à la clinique. Ils ont besoin de personnel pour évacuer les malades et signer des décharges afin de faire sortir des patients. Maman, stop, ou suppositoire pour adultes ou vous rejoignez Sébastien Le Ret à la plage du Fozo. Vous choisissez.

 GROUHM

 GROUHM

Voilà comment j'ai la paix, Seb va enfin pouvoir prendre des photos de nos six loustics. Bon, allez, je vais aider LK. Plouf, je la plains.

GHROUM,

 alors professeur, comment vous en sortez-vous ? - Mal, je n'arrive pas à installer les tables. Je les ai commandées par l'intermédiaire de grand numéro 4 mais je n'arrive pas à installer toutes les tables. Il faut qu'ils puissent faire plein d'expériences mais j'ai besoin d'un coup d'œil extérieur. - Je tombe à pic, je pense que les cinq tables en ligne droite, pas top, tu ne peux pas faire de transport de livres ou de cahiers en ligne droite et pour ton bureau. Je pense qu'il faudrait peut-être le mettre contre l'angle comme ça tu vois tout ce qui se passe et tu n'as pas besoin de te déplacer. – Mais là c'est le coin vidéoprojecteur, mon bureau est là. Je l'ai mis pile dans le coin. J'ai supprimé la bibliothèque, je vais invertir dans des livres récents.

CHAPITRE 58 Vérité, révélation, dégoût –

 Mudoume, Sébastien Le Ret, LK, je sais que vous m'avez menti. –

GROUHM

GROUHM

 GROUHM.

Comment ça on t'a menti ? - Oui, regarde toi-même. – Mais c'est le livre original, c'est tout l'arbre généalogique des Palaud ! - Oui, voilà le mensonge (nom de Dieu)

(GHROUM).

Il se passe le PAF. Alors Jim Palaud, tu n'as pas quelque chose à nous dire sur cet arbre généalogique ? Hein, c'est bien toi qui disais je cite que tu étais le dernier Palaud, hein ? Alors explique-nous ce détail, qui est cette Madeleine Palaud dans le village de Portivy ? Hein, tu ne nous as jamais parlé d'elle ! Ça fait seulement un an et six mois qu'on a été renvoyés sur terre et jamais tu ne nous as parlé d'elle, alors dis-nous la raison. – HUM HUM, c'est simple, moi et ma femme sommes les parents de grand numéro 4. - Quelle horreur ! Alors tout ce temps ! J'avais un cancer, on m'a déclaré qu'il ne me restait plus que vingt-quatre heures à vivre mais aujourd'hui, j'avoue que je ne pourrais pas regretter de t'avoir placé en famille d'accueil. Nous n'avons pas réussi à cette époque à placer Sébastien dans la même famille que toi, on s'en est voulu cinq ans après. Bastien est venu au monde. Tu as grandi chez Madeleine Palaud. Elle est ta tante, elle savait pour mon cancer. Elle avait déjà cinq enfants et comme tu es le frère jumeau de Sébastien, on a dû te placer chez ta tante quand elle est arrivée sur Portivy en 2012, après que j'ai récupéré Daniels qui avait saccagé Portivy avec des connards. Eux par contre, j'ai pas eu de mal à les virer, ils sont tous passés en garde à vue. Ensuite j'ai récupéré Daniel Palaud ici. Jean-Luc Palaud avait perdu son emploi et sur la presqu'île il y avait des tensions avec ses deux fils et son ex-femme. Une vraie comédienne, ses deux connards de fils lui menaient la vie dure. Il avait déjà fait plusieurs crises cardiaques donc je l'ai évacué ici et pour Madeleine Palaud on n'était pas inquiets puisque tu peux contrôler le feu quand tu es énervé. Mais on a appris par la suite que tu savais maîtriser tes émotions.

CHAPITRE 59 Rencontre Madeleine Palaud

 DRING ! Allo ! - Allo Tata, je t'amène des cadeaux. Non je ne viens pas avec mes loustics, ils sont avec mon conjoint à la montagne. Eh oui, j'ai encore perdu un pari, je viens avec des amis, on sera là dans cinq minutes avec tes cadeaux. – Je prépare la table pour combien ? - Quinze personnes à prendre en compte, les enfants eux on les dépose à la plage du Fozo, comment ça on te laisse préparer tranquillement la table. À tout de suite Tata. - Équipe Le

Ret, où sont les p'tits diables et les yeux noirs ? - Punis, ils ont encore fait des crises de colère noire et des pipis au lit. J'accepte de laver les draps et de mettre les suppositoires au p'tit diable si on va chez ma tante. Ça vous convient davantage, ils ne seront pas en pétard après vous. – Aucun problème.

 GROUHM

 GROUHM,

 oh j'oubliais, on a les quatre jumeaux maléfiques et les deux jumeaux bossus, ils sont en vacances pour trois jours. Bien entendu, ils sont aussi punis mais ils ont donné des coups de poing alors qu'on leur a dit au moins cinquante-cinq fois qu'on ne veut pas de sang sur les draps, ça prend environ quatre heures à enlever, c'est vraiment une poisse. Voilà, on les a tous téléportés. Les gars, vous êtes invités à aller à la plage du Fozo. Attention, cette fois pas de maillot de plage de rechange et en plus on ne vous donnera aucun médicament. C'est le grand numéro 4 qui vous fait les injections ce soir et demain matin sauf aux yeux noirs à cause des effets secondaires. C'est encore LK qui vous donne les médicaments, pas de comédie. Les quatre jumeaux maléfiques, vous restez par deux équipes, première équipe avec les Palaud, la deuxième équipe avec nous. Les jumeaux bossus vous restez avec LK, elle a besoin de vous pour les lessives à faire ce soir. Mudoume, peux-tu téléporter les quatre numéro 9 et Dialecte s'il te plaît ? L'hôtel et l'auberge sont fermés pour quatre jours mais on a promis aux quatre numéro 9 et à Dialecte qu'ils auront l'occasion de partir sur la plage avec leurs cousins.

GROUHM.

Encore sur les PC, je vous jure que si vous n'avez pas de maillot de plage, vous allez vous baigner cul-nu, surtout qu'on vous a dit régulièrement que lorsqu'on est téléporté, il y a une forte chance qu'on aille en direction de la plage. Allez avec les p'tits diables, interdiction de leur donner des biscuits, ils sont punis. OOO les Palaud, aujourd'hui on reprend nos méthodes de punition, on vous rend les vôtres et elles ne sont pas très efficaces, bien au contraire. Certes on a diminué la consommation des couches mais on a augmenté les lessives. - Nous on s'est rapprochés et aujourd'hui on est enfin en meilleure relation. À ce niveau, votre méthode est bien plus efficace, on l'adopte aussi. - Tant mieux,

GROUHM

GROUHM

GROUHM.

 Mais où est Mudoume ?Sur la plage. WOUAH, t'as dit quinze personnes, mais Jim, Myrlaine, Bastien et Sébastien, la vache, ça fait bien au moins trois ans sans nouvelles mais j'ai quand même reçu les pensions. - Stop Tafta, les enfants sont à la plage, on te présente l'équipe Le Ret. Non ça n'est pas de ta famille du tout, la voilà, LK, Sébastien Le Ret, les jumeaux bossus et les quatre jumeaux maléfiques et sur la plage, il y a les trois p'tits diables, les trois yeux noirs, les quatre numéro 9 et Dialecte qui est le fils de Bastien. – Wouha ! ça fait quand même pas mal de monde en tout.

 CHAPITRE 60 Arrivée de la plage –

Ah non, ne me dites pas que vous avez encore utilisé vos poings ! S'il y a du sang sur les vêtements, ça va barder pour vos super fesses ! - Non Maman, on avait le cadeau pour eux. Tiens Tata. - Merci mais je vous ai plusieurs fois aperçu, vous, sur la plage du Fozo, quand je vais faire des photos avec mes poupées. Oui, je vous reconnais, mais en général on les emmène à la plage quand ils sont punis. Je suis Mudoume, chef de l'équipe Le Ret et aussi mon grand frère Sébastien Le Ret. Il a les mêmes responsabilités que moi et notre femme à tous les deux. Oui, on a pas connu nos parents et on s'est retrouvés prisonniers des ravisseurs, enfin c'était il y a longtemps. LK, qui est aussi notre médecin en chef. D'ailleurs, laissez-moi vous présenter nos enfants, les trois p'tits diables, les quatre jumeaux maléfiques, les deux jumeaux bossus et les trois yeux noirs. Oh et pour info, ils sont dyslexiques à cent pour cent mais là impossible de les faire suivre par un expert, on a essayé et à chaque fois ça part en cacahuète pour l'expert donc on n'a pas avancé de frais sinon ils passent plus de temps avec les experts. - OK. - Je vous présente mon numéro 3 et numéro 4 ainsi que Kerivian. Il vient de la Réunion, il parle super vite et il est gaucher contrarié. - OK. - On a amené aussi des marmites de miam miam. Stop tous les trois, de toute façon vous serez assis sur nos genoux, vous faites que des bêtises en ce moment. – On se met à table si vous le permettez.

CHAPITRE 61 À peine 5 minutes

Stop les p'tits diables, sur les genoux ! - Non ! - On ne peut vous laisser dix secondes seuls, vous ne faites que des bêtises et des remarques, bref vous êtes infernaux comme à chaque fois ! Voilà vos assiettes, vous finissez ce qu'il y a dans vos assiettes, pas de crise, tu me regardes dans les yeux. Voilà, vous restez trois minutes ensuite vous allez jouer à la plage, vous ne cassez rien, attention à vos fesses. Bon, on en était où ? Ah oui les cadeaux. - Ils sont toujours comme ça ? - Oui, ils ne tiennent pas assis, même le soir on est souvent obligés de les prendre dans les bras pour pouvoir les faire manger ou sinon ils sont répartis en moins de cinq minutes, pires que les plus petits ! - Je vois mais comment se fait-il que vos autres enfants se tiennent à carreau ? - Pas la même méthode d'éducation, on en a essayé plusieurs et ça donne différents résultats en fonction des enfants qu'on a en charge.Stop, ça fait quatre minutes, allez, foncez à la plage. Allez oust, on vous ramènera le goûter à la plage, allez, filez. Super ! Ils ont tenu quatre minutes et demie, il y a du progrès et sans en mettre partout. - Oui mais on va devoir relaver les protections. - Hum, excusez-moi, équipe Le Ret mais je pense que ça peut attendre. - Pas faux. C'est vrai que ce soir ils ne dorment pas avec nous mais dans la maison de grand numéro 4. - Oui et je ne leur mets pas de couches puisqu'ils dorment dans un lit équipé de sonde, ce qui fait que je dois uniquement bien mettre la sonde. D'ailleurs je vais devoir vous offrir un lit comme ça. - Non, grand numéro 4, on a acheté une autre surprise pour l'équipe Le Ret. – Pardon mère mais on peut aller avec les yeux noirs à la plage ? - Oui, allez-y, il commence à me prendre la tête et ce soir vous dormez à l'auberge Palaud. – Pas de problèmes. DRING ! - Allo. Chantala, oui tu peux passer demain à neuf heures avec tes petits enfants. - Super soldat. - Parfait, à demain, je confirme à neuf heures, bisous.

CHAPITRE 62 Plage du Fozo

 Allez, on y va. Stop mamie, non on y va, d'accord messieurs mesdames. Oui, on évite de la laisser parler sinon vos enfants risquent de vous voir arriver à minuit. Ah effectivement. Mamie demain vous recevez du monde, ça vous dit d'avoir les trois p'tits diables ? Rassurez-vous, on vous les envoie en compagnie de LK, elle passe beaucoup trop de temps dans son laboratoire et depuis le temps qu'on cherche un moyen pour éviter qu'elle reste enfermée dans son laboratoire ! Oui ma chérie, tes vacances étaient annulées mais maintenant qu'on sait que tu ne vas pas rester enfermée dans ton laboratoire, on va pouvoir le fermer et faire le grand ménage à l'extérieur. - OK, j'avoue, je suis tellement à l'aise dans mon laboratoire que j'y passe toutes mes matinée et après-midi de repos mais je suis impatiente d'être demain. Je précise, j'amène les chaudrons de miam miam. – Mais dis-moi Madeleine, vous avez au moins cinq enfants mais je ne vois que les numéro 3 et numéro 4. Oui le numéro 5 vit en Suisse, je ne le vois que deux ou trois fois par an. Il est père de six enfants. Ma numéro 2 vit en Russie avec ses nombreux serpents rats.et sont mec on la même passion – Oh, on va pas s'entendre, et votre numéro 1 ? –

En pleine campagne bretonne. – Laissez-moi deviner, 5 enfants ? – Non que 2. Ma numéro 4 ici à 8 enfants, elle tient le record extraordinaire d'avoir eu grâce à son conjoint autant d'enfants. Seul mon numéro 3 qui est en vacance actuellement n'a pas encore adopté d'enfants.

CHAPITRE 63 Marée basse –

 Allez les gars, allez chercher des coquillages ou faites des barrages de sable. Non Madeleine, pour les faire bouger c'est un peu plus compliqué. Regarde, d'abord la serviette, ensuite vous en prenez un. Allez-y. OK, viens ici. Mais les autres restez à me regarder. Vous permettez qu'on se mette en place avec toutes nos serviettes ? Les autres enfants eux sont en train de jouer mais pas eux. Non, ils attendent qu'on s'occupe d'eux, à savoir Madeleine, on essaie, vous les enfants câlins. - Non. - Voilà l'équipe Le Ret, tous les ados et les p'tits diables, ne bougez pas. Si vous les envoyez à la piscine ou dans la situation actuelle, ils attendent un ou plusieurs adultes pour savoir ce qu'ils doivent faire. OK donc là ils ne vont pas bouger, si je ne leur dis rien ils ne bougent pas. Voilà en gros. - Maman, Maman ! - Viens là toi, non ne commence pas à t'énerver pour rien, assieds toi entre mes jambes, tu ne bouges pas, respire, voilà reprends-toi Un en crise, à qui le tour ? HA HA HA allez viens, voilà reste tranquille. - Et ça leur arrive souvent ? - Toutes les deux heures la nuit y compris, voilà pourquoi on leur impose de porter des couches pour adultes surtout la nuit. Quand ils font des grosses crises, bonjour, les périodes où c'est entre cinq et neuf crises la nuit ! L'hiver c'est beaucoup, l'été ils sont calmes la nuit. – Mais ils dorment avec vous alors ? - Oui. – Mais quand avez- vous eu des relations sexuelles entre vous ? - Là ils dorment soit chez l'équipe Palaud ou l'équipe de grand numéro 4. Heureusement qu'ils sont là surtout pour nous relever, avec notre taf en plus, bonjour les galères au quotidien. Bon les gars, pendant que vos parents discutent avec Madeleine Palaud, allez jouer avec les quatre numéro 9, on vous donne l'autorisation d'aller jouer.

CHAPITRE 64 AUBERGE Palaud

Hello Papy Mamie Palaud, alors comment se passe votre retraite ? Mal, ça fait trois semaines qu'on n'a pas eu une seule fois nos p'tits enfants. – Ça tombe bien. Les yeux noirs, Papy Mamie, on vous laisse seulement trois jours sauf le grand yeux noirs lui avec les effets secondaires a un peu de mal à rester en place. Bon, je vous dis à dans trois jours Papy Mamie Palaud.

CHAPITRE 65 Retour des p'tits diables

GROUHM

GHROUM.

Bien que faites-vous là tous les trois ? Ne me dites pas que vous êtes punis ? –

GROUHM.

Bon, ils sont punis pour trois semaines, cette fois pas de consoles, de jeux vidéo et pas de PC de bureau. Allez dans la chambre parentale et à quatre pattes. - Ils se sont battus avec les enfants de Chantala. Les deux semaines aucun problème mais cette fois ils ont fait fort. Je ne sais pas ce qui leur est passé pas la tête mais là seize jours sur dix-neuf. – OK donc il ne leur restait seulement trois jours. – PLOUF PLOUF. Venez prendre un thé. Il faut qu'on trouve une solution et durable. Là ils ont tenu seize jours sans vous deux donc on peut retenter l'expérience mais cette fois-ci on amène les tentes. Ils sont insupportables. - Stop, moi je vais travailler et Mudoume et LK vous retournez chez Madeleine Palaud, de toute façon les yeux noirs sont chez les grands-parents Palaud sauf yeux noirs mais lui il reste avec vous à cause des effets secondaires. - OK tu as raison mais cette fois on gère nous les trois p'tits diables.

Tiens yeux noirs ton préservatif, toi et moi on les punit et ensuite on prépare les tentes. Sébastien Le Ret et LK, on vous laisse préparer le dîner et les chaudrons de miam miam. Voilà, on y va. -

AAAAAAAAAAHHHHHHHH

AAAAAAAAHHHHHHHH

AAAAAAA AAAHHHHHHHHHHHHHHHHH. –

Allez dans nos bras, non le p'tit diable numéro 1 toi encore à quatre pattes s'il te plaît. –

 AAAAAAAAAAAAAHHHHHH HHHH MAMAN. –

 Voilà maintenant tu peux t'asseoir sur mes genoux.

 CHAPITRE 66 Retour chez Madeleine Palaud

GROUHM

 GHROUM.

Bonjour Madeleine Palaud, tenez pour
les bêtises des p'tits diables hier. J'espère que les petits enfants de Chantala sont encore là ? - Oui, ils ont dormi là hier soir mais ils repartent dans trois semaines. – Tant mieux, on reste trois semaines mais on a amené nos tentes et les sacs de miam miam. Ils vont arriver. - Maman, laisse-moi aller aux toilettes. – Non, tu fais dans ta couche, façon vous êtes punis les trois p'tits diables pour les trois semaines et non vous n'avez pas l'autorisation de rester sans surveillance et puis vous avez huit changes pour cinq à neuf jours, largement suffisant pour ce que vous utilisez en couches. Tiens, voilà Chantala pour le p'tit déjeuner avec ses p'tits enfants. Allez-y, prenez place. Bon cette après-midi pas de plage, il y a

beaucoup trop de vent et la mer est agitée donc vous restez dans le salon cette après-midi. Hélas seules la télé ou les consoles de jeux vidéo non. - Les p'tits diables vous cette après-midi c'est la sieste. Je vous rappelle que vous êtes punis encore trois semaines. À moins qu'on ait enfin l'explication des coups de poing et des bagarres avec les enfants de Chantala, les p'tits enfants, pas faux. Alors c'est quoi le motif des bagarres ? Bien tenté, mais ça ne fonctionne pas à moins que les bagarres ne soient liées. Au fait bande de p'tits cons, diton, LK n'a pas forcément les yeux fixés sur vous donc les bagarres, c'est simplement une crise de jalousie. - Ah, pas ça non plus, bon. – Mais c'est pas pour le fait que je lui ai donné une barre de chocolat au lait, vous qui n'en mangez pas. – Hum, non plus. – Bon. Ils ne vous auraient pas demandé de tester des stupéfiants, tabac, cannabis ou shit ? - Oui, je leur ai proposé mais uniquement pour leur faire découvrir de nouvelles sensations. – Ils ont des poussées de violence à cause des stupéfiants. Tu ne pouvais pas le savoir mais à l'avenir, il serait plus judicieux que tu ailles voir un adulte rapidement. Ils ont quand même eu des punitions et leur allergie provoque pas mal d'effets secondaires. – Chantala, on vous laisse choisir la punition pour votre p'tit-fils. Madeleine Palaud, on vous laisse les p'tits diables maintenant qu'on a le fin mot de cette histoire. Vous partez chez grand-père et mamie Palaud, ça fait un moment qu'ils ne vous ont pas vus mais avant vous avez une punition avec LK. Elle doit durer, allez je vais être généreux, deux heures mais ça sera dans le Mobil home. Au revoir messieurs dames.

GHROUM

GHROUM.

Ben ils sont où ? À vous trois les p'tits diables de passer à la casserole. Je vous laisse le choix, suppositoires pour adultes ou tout nu dans le Mobilhome jusqu'à dix-neuf heures. Seulement deux d'entre vous et bien entendu vous serez pénétrés pas voie sexuelle. Celui qui prend les deux suppositoires dormira avec moi, bien sûr il reste habillé toute la journée. Alors je choisis ou vous choisissez ?

CHAPITRE 67 Clinique Jeannette Le Ret à Pontivy 56

 Ouf, bon, yeux noirs toi et moi avons des tonnes de dossiers à traiter. LK va s'amuser avec les p'tits diables, ils vont avoir mal aux fesses mais cela ne nous regarde pas. Allez viens, demain on téléporte les p'tits diables à l'auberge Palaud, ensuite on revient ici, pas téléportation. L'avantage, on n'utilise pas d'essence mais j'avoue je suis un peu plus fatigué, par contre c'est embêtant.

CHAPITRE 68 Vérité sur l'origine des conflits –

 Père, une question. - Oui. - C'est quoi qui est à l'origine des conflits dans la famille Palaud ? - L'alcool, la violence, les repas de famille et le manque de notion pour gérer les porte-monnaie. Ton grand-père Joseph Palaud dit Jojo passait beaucoup de temps dans tout ce qui est bistro, bar et beaucoup de temps avec ses amis. Bref, Daniel et Jean-Luc Palaud ont pris le même chemin que grand-père. Deux ans avant sa mort j'ai récupéré la voiture, celle qui est dans le garage de l'auberge, celle que tu conduisais juste avant ta mort et d'ailleurs elle y est toujours. - Pour quel motif vous ne l'avez pas vendue ? Toi et Bastien vous auriez ainsi effacé pas mal de dettes. – Non, on a passé pas mal de concours, ce qui nous a foutu dans la merde financière ça vient de là, et puis tu nous as bien précisé que la notion d'argent est la plus difficile à comprendre.

CHAPITRE 69 Vérité sur l'héritage Daniel Palaud

Quatre jours plus tard –

Seb et Bastien, il faut qu'on parle. Vous êtes en pause déjeuner ? – Oui père. - Parfait, ça concerne l'histoire de la succession concernant Daniel Palaud, la vérité sur ce qui s'est réellement passé avec votre cousine Oriane Palaud. – On sait une partie, celle qui parle du fait qu'elle ne s'est pas présentée au notaire. – Ce n'est pas tout, elle est venue aussi sur Pontivy. À l'époque on avait hérité des deux domaines Palaud, les parties étaient à nous quatre. Madeleine et Jim, vous avez hérité du mini-domaine et Jean Luc et Daniel ont reçu le grand domaine, celui qui appartenait à grand-mère et grand-père. L'autre c'était le parrain qui était menuisier. Mais ce qu'a fait Daniels et ces connards qui lui ont tapé sur la gueule et enfermés dans le grenier pendant qu'ils faisaient tout. À l'époque j'avais fini de rembourser mon emprunt et j'allais en vacance chez Madeleine mais quand je suis allé rejoindre Jean-Luc, il venait de faire son AVC. Coup de chance, Mirak a appelé les secours. Je me souviens que Daniels a reçu une baffe de Mirak et d'ailleurs ce jour-là je lui ai mis deux droites. Heureusement que Myrlaine était là, elle m'a collé une baffe et j'ai repris mes esprits. Jean-Luc était arrivé aux urgences de Vannes et ce jour-là les forces de l'ordre sont arrivées et ont pris les alcoolémies de Daniels. L'un d'eux était recherché pour meurtre sur des forces de l'ordre et quarante-huit heures après, j'ai emmené Daniels dans le Mobil home qu'il y avait dans notre jardin avec interdiction d'approcher de Pontivy. Madeleine je l'ai aidée avec l'aide de Jean-Luc à récupérer la maison familiale. Il y a trois maisons, celle de derrière le garage et la grande maison.J'ai proposé à Jean-Luc de vivre ici avec nous dans la maison au coin, tu sais celle où vous avez grandi avant que le troisième étage soit construit

CHAPITRE 13 Vérité sur l'héritage Jean-Luc Paleau

Et pour Jean-Luc, est-il vrai que ses deux fils Mirak et Maël ont agressé Madeleine ? – Oui, ils ont aussi failli tuer le fils numéro 3 de Madeleine, voilà pourquoi aujourd'hui il ne ressent que de la haine et qu'il ne porte quasiment que du noir sauf quand il y a des invités. C'est depuis ce jour-là qu'il a complètement disjoncté. Il arrivait quasiment toujours en retard sur son lieu de travail situé à

Santeny (94). La seule discussion que j'ai eue avec lui, je suis reparti de la région parisienne avec quatre cartons, deux cartons de savon d'Alep et deux cartons de verres événementiels. Ces fameux produits qui ont sauvé l'hôtel à de nombreuses reprises. - Mais dis-moi, que fait-il aujourd'hui ? – Il vit sur la route avec des compagnons et en plus il est gay et muet mais depuis qu'il pose avec une maison d'édition située sur Paris, il semble mieux comprendre la situation de Madeleine. Bastien et Sébastien, dans deux semaines, j'aurai d'autres révélations à vous raconter.

CHAPITRE 70 Âge de taf

J'ai commencé à travailler à dix ans. J'aidais ma mère et mes frères et ma sœur allaient à l'école à Vannes. Au début c'était à Quiberon, après c'était à Vannes. Toute mon enfance j'allais travailler à Quiberon ou Carnac. Voilà pourquoi je passe beaucoup de temps chez Madeleine ma sœur. Je suis tellement à l'aise sauf quand ma sœur va faire les courses, honnêtement je préfère quand moi je vais faire les courses. Allez, je vais rejoindre Bastien. Seb, sache une chose, je ne regrette pas d'avoir laissé la grande maison à ma sœur jumelle, elle a au moins plus d'ennuis que moi quand il y a des tempêtes

CHAPITRE 71 Compte rendu des sept dernières années –

 Alors les garçons, où vous en êtes des comptes rendus ? On a eu des baisses de revenu sévères, mais c'est lié au Covid19, grâce à l'équipe Le Ret et leur nombreux personnels de remplacement. Il y a eu des pertes lourdes suite à l'enquête de la gendarmerie et notre arrestation liée à l'enquête de la gendarmerie. On a eu de la chance que l'équipe Le Ret est venue nous récupérer à la gendarmerie et ont opéré le lendemain Dialecte. Et d'ailleurs comment se fait-il que le frère jumeau de Dialecte dorme avec vous les garçons, tout comme Dialecte ? – C'est simple, on a récupéré la méthode d'éducation de l'équipe Le Ret, ça nous a tellement appris sur nous-même.

CHAPITRE 72 Anniversaire des numéros 9 –

Bon les gars, les cadeaux sont arrivés pour les… Chut, ils sont encore à dormir. Avec notre chance en ce moment, les deux Dialecte, le muet et le beau parleur sont en train d'emballer les cadeaux et ils vont aller dès la semaine prochaine dans l'équipe Le Ret pour faire des remplacements, encore une épidémie de gastroentérite. Ils enchaînent en ce moment les remplacements et les arrêts maladie, heureusement qu'ils sont à leur compte mais ils sont super mal payés. - Ça c'est sûr, 500 euros pour une équipe de vingt-cinq personnes, mais ils mangent avec les patients. Par contre, ils font travailler pas mal de petites entreprises autour de l'hôpital. C'est triste qu'en France et surtout dans le Finistère ce soit des extra-terrestres qui soignent plus d'êtres humains que tous les hôpitaux sur le territoire français. – Ce qui est pire surtout c'est que des clones, ce ne sont pas les originaux. Et je vous rappelle qu'on est tous des clones, la vraie famille Palaud et la vraie famille Le Ret sont décédées depuis longtemps

CHAPITRE 73 P'tits diables

Les gars aujourd'hui, on garde les p'tits diables, les trois, donc on vous laisse votre après-midi. Mudoume nous envoie tout ce qui est linge propre et les draps spéciaux. Au moins cette fois on n'aura pas de perte d'argent. Mais je pense que l'équipe Le Ret à une idée derrière la tête, surtout Sébastien Le Ret et LK, ils ont un comportement suspect. Dis, les p'tits diables sont peut-être au courant d'un secret ou plus de choses que nous ? GROUHM, alors les p'tits diables, vous êtes toujours bronzés ! Franchement il fait super beau en Bretagne mais la tempête Aurore est passée et vous avez couru après vos maisons en plastique. Quelle idée de ne pas mettre les pieds de sécurité pour éviter qu'elles s'envolent vos maisons en plastique, hein ! Allez, on vous amène dans votre nouvelle chambre. Attention, cette fois vous aurez des avantages supplémentaires contrairement à votre ancienne chambre qui est en cours de renouvellement, surtout pour les peintures. Allez, on vous laisse avec les Dialecte. Doucement.

CHAPITRE 74 Gros câlin –

Alors les p'tits diables, que faites-vous de vos congés ? Surtout en ce moment que vous travaillez tous les week-ends et même les mercredis. En tout cas, vous faites énormément d'heures supplémentaires. Bon allez, restez dans nos bras jusqu'à dix heures mais cette fois on vous change les choses une fois par jour. Il paraît que vous avez fait d'énormes progrès en restant un mois chez Madeleine Palaud mais p'tit diable numéro 2, toi on nous a dit que tu ne voulais pas faire d'effort. – Maman, Maman ! – Ah, encore une comédie, hein p'tit diable numéro 2. Allez, dans mes bras.

Chapitre 75 Grands yeux noirs décédé –

 Merde ! Que tout le monde sorte, allez, sortez de là, Mudoume, yeux noirs. NOOOOOOOOO GROUHM GROUHM VITE c'est à l'intérieur ! NOOOOOON Mudoume, les 3 p'tits diables, venez à moi ! Reviens à toi mon fils, ne pars pas là où on ne peut t'accompagner ! Reviens-nous ! - HIM HIM HIM HIM HIM HIM, grand frère revient vers nous. (Pendant ce temps-là entre les deux portes, celle de la vie et celle du monde défunt) - Hello grands yeux noirs. – Qui es-tu ? - Moi ? Mais je suis toi, enfin tout ce qui est autour de toi et même toi, tu as un choix simple à faire : le monde où ta vraie famille d'attente depuis plus de douze ans ou ceux qui t'ont adopté mais sache bien une chose importante, l'encre noire, la grosse tache dont tu voulais absolument te débarrasser restera dans ton enveloppe mortelle. C'est comme si c'était toi mais bien entendu toi tu seras soit avec ta vraie famille ou tu pourras retourner vivre avec ta famille adoptive. Mais avant, GROUHM HUUUUUM, mon fils Hugo vient avec nous, grand frère viens. N'oublie pas grands yeux noirs, tu peux partir avec ta vraie famille mais la tache d'encre continuera à vivre avec ta famille adoptive cependant demandé à l'un de tes membres de famille d'adoption d'arrêter les autres. Regarde, ils ont bientôt fini de te soigner. Touche un membre de ta famille, il atterrira devant moi et devant ta vraie famille. PLOUFF OUUUUU. - Grands yeux noirs, LK, mère, je te présente le gardien, celui qui garde les portes entre le monde des vivants et celui des défunts et voici ma vraie famille. Je souhaiterais aller les rejoindre mais pour cela, il faut que ma famille d'accueil arrête les soins. L'encre noire restera dans mon enveloppe à vie mais elle aura le contrôle permanent. On ne sera plus deux à se disputer pour garder. - OK. Adieu mon fils. - PLOOOOO OUUUUUUUFFFFFF WOUHA. Stop, je vous ordonne de respecter le formulaire concernant l'acharnement médical. Je vous ordonne de le laisser partir. - Mais si tu l'aimes vraiment, alors dis-moi dans quel état ? Vous savez très bien que les yeux noirs ne vivent que jusqu'à 24 ans. - Il a 22 ans certes mais c'est le porteur principal pas l'encre noire qui part, c'est grands yeux noirs, celui qui est sentimental, celui avec qui vous avez passé des moments géniaux comme des mauvais moments. Je sais que c'est insupportable mais je vous verrai tenir votre promesse et je vous interdis de le transformer en légume. Soit vous respectez sa décision, soit vous m'affrontez et vu mes pouvoirs, vous ne faites pas le poids et vous savez que cette fumée recrachée par son corps est toxique pour les humaines alors laissez-le partir. – Je vous préviens, j'en ai rien à foutre de cette auberge mais je ne vous laisserais pas transformer grands yeux noirs en légume. - Stop, elle a raison, on a tous signé ce formulaire et la fumée est en train de se répandre.– OK, aucun de nous ne bouge en tous cas jusqu'à ce qu'il soit décédé. - Arrête, l'encre noire qui est en lui, elle restera enfermée. Celle que vous avez essayé d'éliminer de grands yeux noirs n'est pas concernée, seule l'âme de grands yeux noirs quitte le corps. - On se doutait tous les trois qu'ils étaient deux à se partager le corps. On était au courant qu'à l'époque, il était en mort cérébrale. Certes, ça l'a tué complètement par la suite mais une partie a été conservée. Pas l'encre noire après son décès, c'est pour cela qu'il veut partir mais l'encre noire reste dans son corps. Nos grands yeux noirs va partir retrouver leurs vrais parents. On savait qu'il était décédé ainsi que sa sœur, il tient à les rejoindre. - Hum alors laissons-le partir. WOUHA mais la fumée a disparu. Merci mère. On la jugeait responsable de ma mort cérébrale, c'est elle qui m'avait placé dans le foyer pour mineur Alex Rock à Nantes. - Je lui passerai le message, repose en paix grands yeux noirs. Tes petits frères seront les premiers à aller te rejoindre, moi et les p'tits diables vivrons éternellement. Nous sommes tristes de te voir partir mais rassure-toi, l'encre noire restera en pleine forme, je te le promets. - Merci mère. – Pitié, en silence ! Les p'tits diables, retournez dans le mobilhome avec encre noire, pas de bagarres et de disputes. Dites bien aux deux autres yeux noirs de se tenir à carreau. Allez au mobil-home, moi et vos parents avons un détail à régler. GROUHM, mes hommes, HUM, le ménage et le règlement qu'on doit passer à un juge, rien de grave. (Cinq heures plus tard) - Messieurs dames, l'auberge est rouverte. Merci de bien vouloir retourner dans vos chambres. – Le foyer pour mineurs Alex Rock existe-t-il encore ? Non, il a été fermé. Aujourd'hui, c'est devenu la clinique Jeannette Le Ret qui ont déménagé à Pontivy à la suite d'un meurtre d'un pensionnaire que j'avais placé mais à l'emplacement exact, c'est aujourd'hui un musée. D'ailleurs il a été mis en vente et curieusement, tous les acheteurs laissent tomber tous les projets. Apparemment, il se passe des choses bizarres, des bruits et des rires d'enfants. Bref, un endroit maudit. Voilà l'annonce, il est toujours en vente d'ailleurs. – Merci.

Chapitre 76 Décédé sur la plage du Fozo –

Non, Madeleine Palaud, on ne peut pas. - GHROUM. Ramenez-moi sur la plage les p'tits. – Stop LK. Asseyez-vous Madeleine Palaud. - Mais Sébastien Le Ret et Mudoume sont sur la plage. Ils s'occupent des yeux noirs. C'est comme ça qu'il est décédé. Vous seriez morte si les p'tits diables ne vous avaient pas évacué leurs fumées noires et toxiques pour les humains. Mais grâce à vous ils ont eu des super moments, c'est les souvenirs qui comptent. Voilà pourquoi vous n'avez pas vu grand yeux noirs, lui aussi est décédé dans les mêmes circonstances. - GHROUM, Merci les p'tits diables. – Non, c'est encre noire, et oui, ils sont deux dans chaque yeux noirs. Seule l'âme des yeux noirs s'en va, pas l'encre noire qui est à l'intérieur du corps. - Mais pourquoi chez moi ?– Ça aurait pu arriver à n'importe quel moment, vous ne devez pas vous en vouloir. Je sais que les semaines à venir vont être pénibles mais sachez que je reste à votre écoute. - Merci. Pendant ce temps-là sur la plage du Fozo - GHROUM. Mes chéris. – Maman, père, désolé de vous… – Non, allez retrouver vos proches, ça fait plus de 230 ans qu'ils vous attendent. – Mais grands yeux noirs sont décédés il y a moins d'un an Là c'est nous deux. On ne peut vous laisser. - Alors les deux bonbons, grands yeux noirs. HUM HUM, tu nous as tellement manqué. - Père, maman. – Allez les deux bonbons, dans mes bras. Vos parents vous attendent mais je leur ai proposé de venir vous récupérer. D'ailleurs je dois me dépêcher, ma p'tite sœur attend et vous aussi. – HUM HUM, à dans une autre vie, père, maman. - WOUHA allez les jumeaux, encre noire, dans nos bras, on rentre à la maison voir Madeleine Palaud. Heureusement qu'on a amené à manger pour ce soir. Par contre les maillots de plage, direction la poubelle.

Chapitre 77 Plage avec les enfants de numéro 1 –

Bonjour LK. – P'tit diable, je te présente ta cousine Maeline et Remy Coudrin Hubert, ce sont les enfants de numéro 1. – Maman ! Maman ! J'ai compris ! - Allez viens là que je te mette une couche. Tu aurais pu demander à Madeleine Palaud, hein comédien, tout ça pour que je m'occupe de toi. Voilà elle est mise. Non, cet après-midi, tu vas à la plage avec ton cousin et ta cousine. Oui je serai à la plage aussi ainsi que Madeleine Palaud. Non allez va jouer.

(Sept heures plus tard)

- Allez on remonte, c'est l'heure du goûter.

(Six minutes plus tard)

Nous voilà arrivés. – HUM HUM HUM. Maman.Allez dans mes bras, destination la douche. Oh ! T'as fait une grosse vidange. Allez à demain

Chapitre 78 Punition –

Allez p'tit diable numéro 1, tu restes là, je reviens. Je vais faire des courses, tu joues avec ton cousin. À tout à l'heure mon amour. Madeleine Palaud, LK. (Quarante-cinq minutes plus tard) – Oh Madeleine Palaud. - Maman ! Maman ! - Encore puni ! T'as fait comment cette fois ? – Maman ! - Arrête, je ne suis pas dupe, alors explique-moi ce que t'as fait. Tu sais parler quand ça t'arrange. Tu restes tranquille, je reviens dans moins d'une minute. Tiens, ne le mange pas, mouche-toi et ne bouge pas. Alors, où ai-je mis les cadeaux ? Ouh là, c'est quoi ça ? P'tit diable qui m'a prise pour un morceau de viande ! HIM HIM. Mais vous aussi, vous. Oui toute l'équipe Le Ret hormis les encres noires, eux n'ont aucun pouvoir de guérison. Je lui ai mis une fessée déculottée pour… - Parfait, il a compris comme ça qui était le propriétaire. - GHROUM Madeleine. - Stop Mudoume, récupère p'tit diable numéro 1, je sens qu'il va avoir une seconde fessée. Allez dans mes bras. - Papa ! - Allez oooo direction la douche avec les deux autres p'tits diables. Les encres noires, vous restez ici. Non pas de jeux vidéo, vous gardez les cadeaux, je vous rappelle.

Chapitre 79 Déballage cadeaux –

Maman ! Papa ! – Allez dans nos bras les trois p'tits diables. Heureusement que Papa, Maman et Mamie s'occupent de préparer les cadeaux et les friandises. Oui, vous aurez vos relations sexuelles avec nous après les déballages des cadeaux. Allez direction la douche sinon la fessée déculottée. Allez, entrez. (Quarante minutes plus tard) – Allez, on essuie tout ça et on enfile les pantalons. Voilà, non vous ne mettez pas de caleçon mais bien des couches. Eh oui, on a des ordres clairs vous concernant puisque vous n'allez pas à la sieste cet après-midi mais à la plage. Eh oui, on ne vous demande pas votre avis, plage obligatoire, surtout p'tit diable numéro 1. Mamie l'a dit, tu passes trop de temps sur les Raspberry pie 3 surtout sur la NES. Alors les p'tits diables, allez on y va. Les encres noires, vous n'oubliez pas, à 14 heures direction la plage sauf pour p'tit diable numéro 1. Il a une punition et ensuite il viendra vous rejoindre. Joyeux anniversaire Rémy ! Vas-y, souffle ! bravo ! - AYYYY ! Lâche-moi ! AHHHHHHHH ! Allez file. - MAMAN ! MAMAN ! – Allez dans mes bras mon chéri. - MAMAN ! – Ben alors, où t'as eu un suppositoire ? - Maman ! HUM HUM MAMAN ! - Ça va j'ai compris. Mais dis-moi hier, tu as fait une grosse bêtise. - Maman ! - T'as eu la fessée avec Madeleine Palaud et tu l'as mordue. - Maman ! MAMAN ! - Stop ! T'as eu une punition, d'accord. Là tu vois, il est bientôt 14 h 05 et regarde. Voilà LK, allez dans mes bras p'tit diable numéro 1. GROUHM, Allez, va rejoindre les autres, à l'eau, garde ta couche mais ne la laisse pas traîner une fois sortie de l'eau.

Chapitre 80 Un mois chez Madeleine Palaud

Bon les p'tits diables et les encres noires, vous restez ici un mois entier, ensuite vous partez chez les goronoir et rouge deux semaines. Vous écoutez Madeleine Palaud. Pas de bêtises et le soir pour les vidanges, vous demandez aux encres noires de vous aider. Ne restez pas pleins jusqu'à avoir des crises de foie et de vomissement. Pareil, voilà vos calendriers,seules les encres noires vous font des lavements et les examens médicaux. LK viendra une fois tous les trois jours pour les examens des encres noires. Allez à plus. Madeleine Palaud, voilà les sept sacs alimentaires et les trois sacs pour l'hygiène. Attention, quand il y en a plus vous nous appelez, on s'en occupe. Quarante-huit heures plus tard, centre de soin Jeanne Le Ret Bon messieurs dames, à qui le tour ? Allez-y, asseyez-vous, je vous écoute

(Onze heures plus tard) -

Ouf, bon j'ai fini pour les dossiers principaux, tous sont terminés et vous pareil sauf pour la cinglée. Celle-là, je ne peux vraiment plus la supporter, elle est tellement conne. Bref. Les garçons, oui, qui me prend trois jeunes garçons bien mutilés ? Je prends la cinglée en contrepartie. - Pas de problème, je prends les mutilés. – Attention, ils ne se sont pas loupés, surtout les deux plus jeunes. - Wouha ! Effectivement ! Bien messieurs, alors par qui je commence ? – Madame. - Suivez-moi je vous pris. Bon allez-y, respirez. (Pendant ce temps, bureau de Sébastien Le Ret) - Oooooo les mains, c'est d'un GROUHM GROUHM. À qui le tour ? Petit les petit, entrez, alors carnet de santé s'il vous plaît. – Merde ! Je l'ai oublié. – Je suis désolée mais pas de carnet de santé, je vais devoir vous demander d'aller le chercher et de retourner en salle d'attente, merci. Les gars vous, GROUHM, messieurs dames votre attention, tous ceux qui ont leur carnet de santé, levez-vous. Merci, ceux qui ne l'ont pas sont invités à aller récupérer leur carnet de santé. Pas la peine de rester si vous n'avez pas votre carnet de santé. Aucun médicament ou traitement médical ne sera renouvelé ou administré si vous n'avez pas votre carnet de santé.

Chapitre 81 Récupération des p'tits diables et des encres noires –

Bonjour Madeleine Palaud. Alors, comment s'est passé ce mois ? Long avec les… – Super bien, aucun problème et ils sont bien éduqués. Sauf p'tit diable numéro 2. – Exact, lui a du mal à changer malgré mes avertissements. Il reste très têtu, je pense qu'il tient ça de toi. – Mudoume, tu es têtu surtout quand LK n'est pas présente. – Pas faux, je reconnais mes torts et les assume tout comme mon grand frère. Il a eu des gestes un peu déplacés avec p'tits diables numéro 2. Comme tous parents, on a des défauts et des qualités souvent pas montrées du doigt. Et d'ailleurs, avez-vous réussi à vous en sortir avec les sacs alimentaires ? – Non, LK a refait le plein deux fois, une fois sur l'alimentaire et l'autre fois sur les couches des p'tits diables. J'ai voulu en laver. Elle a dit ``poubelle, dont OK.

- L'équipe formule 1 part aux Bahamas, souhaitez-vous les accompagner, il reste des places. - Euh, OK, je valide. - Non, c'est par téléportation, question budget, et en plus elles y vont entre filles donc voilà, vous partez avec séjours entre femmes. LK est du voyage comme ça vous allez pouvoir échanger sur votre passion, les poupons de Marie.

CHAPITRE 82 ADMINISTRATION

SEB PALAUD c'est quoi toutes ces information aucun NOM de famille correcte et tu t'es trompé dans les fiches de payes que tu a fait avant de perdre la vie tu a pas précisé le bon prénom et au faite tu a des nouvelles des 8 entreprise.AUDIC EU non sa fait 1 bon moment qu'ils ne font pas parlé d'eux j'espère que leurs sociétés font bien ils faut dire qu'avait toutes leurs société ils n'ont pas vraiment beaucoup de temps libre. HEUREUSEMENT qu'à l'époque de la disparition de nos parent ils nous avait prêté 1 peu d'argent heureusement qu'ont les avez fait travailler dans notre auberge et hotel immagine le bordel remarque o moin on ne leurs dois plus rien niveaux financier.ET de toutes façon ils ne nous donne pas signe de vie ils sont sans doute dépassé par le travaille ils s'arrêtent j'amais de bossée ils son 8 entreprise AUDIC mais au moin on peu compté sur eux quant ils ya des problème de publicité ou de personnelles BASTIEN PALAUD ci on vérifié sur leurs sites WOUAH ils sont encore en activités et ils ce sont éparpillés ANGERS CORSE ET PLUNERET et mais ils sont aussie des nouveaux bâtiment la vache ils sont refaites toutes leurs société en tous cas ils sont bien avancé contrairement a nous FRANCHEMENT respecte ils sont partie de super loin et dit quant ils étaient jeunes ils s'était PROFESSEUR ARCHITE MAçON CHARPENTIER AGENT HOSPITALIER O putain gro con tu té trompé regarde les caméra O la boulet mon dieux il a tu me prendre pour 1 gro cons Franchement le confondre aver sont frére jumeaux ta fait fort le seuils qui a bien éduqué ces mômes .

CHAPITRE 83 la famille GENDARME

 WOUHA EN tous cas la famille GENDARME son toujour la et comme ils sont tous différent en tout cas ils on toujour la cote.IL faut dit qu'ils font 1 boulot parfait les touriste se tient à carreaux et dit qu'ils sont aussie commerçant quand t'on était petit il était tout rangé en rang d'oignon sur la plage pas 1 mot plus haut que l'ordre BREF 1 ancienne famille o moin ils savais éduqué leurs mômes à leurs époques. OU LA en tous cas les autres famille de la presqu'ils font beaucoup moin parler d'elle la vache ils ya beaucoup de personnes de notre enfance DCD remarque ce ne sont pas des personne ou nous étions en bonne relation de toutes façons c'est très compliqué de garder des relation et en plus on ne peut pas s'entendre avec tout le monde et puis on na o moin gardé des bonne relation de ce côté aucun problème mais o moin on n'a pas gardé les relation avec les enfants de JEAN-LUC PALAUD.SEUIL la fille de DANIEL PALAUD BOF histoire de l'aider a pas coulé avec ces 4 sociétés Enfin SEB PALAUD tu sais elles a que des emmerde avec sa mère et ses nombreux beaux-pére BASTIEN PALAUD.

CHAPITRE 84 LES 3 PTIT DIABLES PUNIR

GHROUM

Allée dans nos bras les 3 p'tit diables encore punir vous abusée hein vous savez que PAPY et MAMIE sont aver l'équipe LOUSTI et non ils reste avec eux encore 5 semaines et oui ils sont aussie en vacance vous s'étre punir tous les 3 on va sur la presqu'il de QUIBERON on va voir des connaissance et non on ne vous autorise pas à nous téléporté allée direction le garage et oui on va prendre la voiture JOSEPH PALAUD elle vient de sortir du garage certe elle a 150 ans mais temps qu'elle roule on continu de l'utiliser elle est facile à réparer et elle est modulable donc pas d'excuse et oui c'est la seuils voiture de collection qui continu de rouler allée monté.ALOR

GHROUM

c'est de la triche je comprend pourquoi vous s'étre pour 9 semaines supplémentaires.ILS viennent de nous faire économiser 150 euros d'essence. PAS faut vous s'étre punir vous irez à la plage cul-nu pas contre on vous surveille de près toute la nuit.

 CHAPITRE 85 plage du fozo

ALLER à la plage et oui on dort cette nuit dans la caravane et oui en plus vous aurez vaux vidange devant la télé pas oui la caravane et juste 1 peu petit mais elles et fonctionnelle ils ya 2 mini-pc portable et des panneaux solaires donc pas d'excuse vous échapperait pas au devoir et contrôle de maths et oui vaux résultat scolaire sont minable douces le fait que vous soyés punir en plus vous ne savez toujour pas lire hein alor que vous travailliez dans la clinique PALAUD et oui ils vous impose de savoir lisez tous les 3 en plus on na pas mal de taf a ce niveaux là en tous cas on na tu taf ALLEZ vous baigner on prépare les sandwiches

GHROUM

Alor les PALAUD comment ça se passe avec les 3 p'tit diables ILS sont punir 8 semaines de plus certe ils nous on fait des économie

d'essence mais on ne cède pas à leurs caprices
MUDOUME que fait tu la et ces quoi ces parquets BONNE
ANNIVERSAIRE les PALAUD et oui vous avez cru que j'allais vous
oublié pour 1 fois que je retien aux dates d'anniversaire.

CHAPITRE 86 VIDANGE

 Allez les gars on rentre bon d'abord vous allez hurler car ce soir
changement de programme votre père et passée dont vous n'aurez
que vaut vidange et pas de suppositoires pour adultes mais
interdiction de manger les cadeaux au chocolat pas oui on sais que
vous planqué dans vos poches ventral des tablettes de chocolat
allée a 4 pattes et bien sur sans les aspirateurs comme ça on utilise
nos mains PLOUFFFF PL OUFFFFFFFF PLOUFFFF en tous cas
ça sort bien allée respirer et tout ira bien pas de comique hein les
gars on sais que ce né pas très agréable et que vous préférerais
jouer à la n64 mais ya pas le choix ALLEZ encore 5 minutes par
contre on déplace la caravane après la vidange ça va rester assise
sur le canapé. VOILÀ ça coule plus BASTIEN et moi on va déplacer
la caravane bosé vaux fessée sur le canapé vous ne faites pas de
bétise a tout de suite.

CHAPITRE 87 PARTIE SUR LA N64

 ALLEE les 3 p'tit diables sur les genous pas contre vous resté
tranquille hormie p'tit diable numéro 2 toi ce soir tu dors pas ici

GHROUM

pile à l'heure allée les p'tit diables numéro 1 et 3 on commence
votre frère revient demain il dort chez PAPA et MAMAN ces
résultats ne sont pas très bon contrairement au vôtre. 3 heures plus
tard ALLEZ au dodo les p'tit diables numéro 1 et 3 demain on
commence les cours de maths et de français et vous allez
apprendre à lire et à écrire on ne vous lâche pas la dessus en tous

cas soyez en sûr et puis ça vous fera du bien d'être 1 peu stimulé.ALLÉ bonne nuit et vous dormez avec des couches et oui et en plus vous dormez avec nous dans le même lit et en plus ils ya 2 couverture polaires allez bonne nuit pas de caprice.

CHAPITRE 88 MARTINE SCOLAIRES

 Allée debout les p'tit diables numéro 1 et 3 allez on commence d'abord le français allée on vous laisse lire et écrire les prase pas de mauvais goût JE vais préparé le p'tit déjeuner pas de panique vous irez à la plage a partir de 14h30 ALLOR parfait c'est très bien écrit p'tit diable numéro 1 et p'tit diable numéro 3 je te montre voilà le modèle essayé et prend ton temps tient p'tit diable numéro 1 voilà ton modèle et oui comme tu a beaucoup de mal a écrit le mot FRITES je revien allor BASTIEN le p'tit déjeuné et prés pas contre on na des boîtes de préservatif et 1 boîtes de suppositoire je croyais qu'ils on des suppositoires pour toutes punition.C'est marque rapport séxuelles sur le papiers il précise qu'ils ont des rapports séxuelles comme punition.P'tit diable numéro 2 revient vers 13h on devrait écouter ceux qui et marqué sur le papiers.ILS font déguster SEB PALAUD O que oui BASTIEN PALAUD.

CHAPITRE 89 RETOUR DE P' TIT DIABLE NUMERO 2

 GHROUM

Allée vient p'tit diable numéro 2 allée direction le lit et oui c'est l'heure de la sieste ensuite direction la plage et oui après la sieste. A tous ta l'heure.BON Bastien on fait comment ce soir on commence a manqué De suppositoires pas contre ont a pas mal de préservatif. JE te prévien si on les pénètre c'est uniquement p'tit diables numéro 1 et 3 ils sont beaucoup plus autonome que p'tit diable numéro 2 il manque pas mal de compétence vu ces déformation qu'ils a o cerveaux certe il né pas responsable de ces acte oui mais on peut l'envoyer dormir avant et on pénètre les 2 autres avant de les mettre au lit et puis on peu toujour mettre 1 suppositoires a p'tit diable numéro 2 ci il ne dort pas OK ils font se réveiller dans moin de 3 quart d'heure en tous cas ils sont calme en ce moment ils faut espérer que sa continu ils reste encore 4 jours avec nous et on rentre demain donc ce soir on passe a l'acte BUM BUM Merde de l'orage allé on rentre ils font pas étre content.NON retourné sur le lit a 4 pattes les p'tit diable numéro 1 et 3 p'tit diable numéro 2 tu ne bouge pas AYYYYYYYYY respirer et rester tranquille et oui comme vous ne pouvez pas allée a la plage ça sera des rapport séxuelles au moin vous Auréz une correction séxuélles RESPIRE.

CHAPITRE 90 retour à l'auberge

ALLEZ debout on est arrivée les gros dormeurs et oui on n'a profité que vous étiez en train de dormir pour rouler et au moins vous n'avez pas utilisé vaux pouvoir de téléportation les 3 p'tit diables allée on vous vidange. et a la douche allée a 4 pattes comme ça on vous laisse tranquille jusqu'à vendredi pour la prochaine vidanges et en plus vous partez vendredi à 11h30 direction la montagne de la mort pas oui dans l'équipe de SAMOURAÏS et de FUSION. PUFFFFFF PLOUFFFF PFFFFFFFFF voilà ça sort bien continué diton vous faites quoi certe semaines pas oui vous retourner à l'école le matin et l'après-midi jusqu'à 15h30 mais ils ya des nouveaux élèves dans votre classe NON TONTON ce sont les ENCRENOIR ils sont trés simpa sur tous celuis qui a 1 grande gueule en tous cas on ne s'ennuis pas avec eux.OK bon les vidanges elle son terminé et o fait on et au courant que vous portez des couches lavable inutile de les remettre en place sur tout quand vous n'avez pas eu d'accident.

 CHAPITRE 91 DÉPART DE L' AUBERGE

ALLEE debout les 3 p'tit diables il est bientôt l'heure votre MAMAN vient vous récupérer avec des kinder surprise.MAIS tonton la salmonelles a mangé tous les kinder surprise et même les gro oeufs de pâques.TU sais p'tit diable numéro 3 ils y as des oeuf qui on pas été touché par la salmonella appelle ça des suppositoires pour ado et oui vaux parent on préciser que vous avez beaucoup moin d'incident dont on doit compensé.ALLÉE a 4 pattes AY AY AY Voilà allée dans la salle de goron rouge pour le p'tit déjeuner on vous prévient vous partez cul-nu pas contre ils faudra que vous demandez à vaux parents pour quelque motif vous rentre cul-nu. Je pense que maman et papa ne nous pénétrons pas l'anus quand on va rentrer tonton BASTIEN PALAUD je comprend pas contre je crois que votre punition est bientôt terminé.

CHAPITRE 92 GRAND MÉNAGE DANS L AUBERGE

PLOUFF Allor SEB PALAUD a tu fini les escaliers.OUI j'ai fait tous les dérnier étage de l'auberge je te laisse le rez-de-chaussé et la cave je vais m'occuper du garage avant l'arrivé des parents en tous cas j'espère qu'on va pouvoir enfin enlever les détritus qui traîne dans les couleurs et dans les placard du garage je te laisse a tous ta l'heure. 2 heures plus tard OUF enfin tout est rangé et super propre pas contre les conteneurs sont surchargés mais enfin plus de place allez maintenant au tour de la caravanes mon dieux c'est dur mais o moin tous et fait j'espère qu'on aura régulièrement les p'tit diables et les équipes ENCRENOIR JUMEAUX BOSSEUR et les 4 JUMEAUX MALÉFIQUE enfin on va faire connaissance avec eux la semaine prochaine.

CHAPITRE 93 RETOUR DES 3 P TIT DIABLE

GHROUM

RONFLE RONFLE RONFLE

A les revoilà tient étiquette bleu

BASTIEN OUI voilà l'étiquette bleu. ENCORE LK elle fait fort en ce moment dont on les gardes 5 mois ok ils sont tranquillisé dont ils dorme jusqu'à demain 10 h le p'tit diable numéro 2 a 1 nouveaux traitement dont il dort le soir vers 20h10 et bonne nouvelles les p'tit diables numéro 1 et 3 on des séances d'hypnose dont aucun problème ils sont plus souvent à dormir que debout toutes la journée.ENFIN ils sont 1 médicalement sans seringues ou suppositoires. A oui je me souvien SEB PALAUD lors qu'on devait les attrappé eu et les 3 YEUX NOIR c'était très compliqué en plus ils valais toujour trouvé des solution différente et bonjour les dégâts dans les lits sur tous les draps et couverture d'un côté ça ne nous gour tais pas grand-chose ils faut dit que depuis que p'tit diable numéro 2 a sortie mamie FUSSION de son état de mort cérébral on na beaucoup plus davantage qu' avant.

CHAPITRE 94 PISCINE

 Allée debout les 3 p'tit diables et oui vous être revenu à l'hôtel PALAUD vaux parents ont encore dépassée les bord et sont punis pour 8 semaines supplémentaire heureusement que TATIE LK a intervenu grâce à ANUBIS hein allez debout la piscine vous attend et aujourd'hui vous resté dans l'hôtel ok on et débordé de taf dont vous resté dans la partie de l'hôtel qui vous est réservé pas de bagarre ou de caprices hein vous resté toute la matinée qui vous est réservé pas de comédie ci j'entend 1 c'est la fessée déculotté pour tous les 3. A TOUS TA L' HEURE OUF QUelle journée de merde bon on iva ATTEND on prend les suppositoires j'espère qu'ils se sont tenu à carreaux sur tous qu'ont na passée 1 belle journée de merde en tous cas j'espère qu'ils font être sage ce soir en tous cas on ne manque pas de bonne volonté.

 CHAPITRE 95 3 suppositoires

PAS ICI les 3 p'tit diables (AY AY AY) voilà ils sont rentrée allée direction les douches et cette nuit vous avez pas fait de cauchemar ou de crise durant vote sommeils on vous félicite tous les 3 en tous cas on n'a aucune raison de vous punir pas contre vous resté sous la douche 1 bonne dizaines de minutes on revient à tous ta l'heure OUF c'est bon ils ne ce rendre compte de rien on va pouvoir continuer à être sérieux heureusement que LK nous a demandé de jouer le jeu et dit qu'elle s'occupe de leurs parents.IL et vrais que MUDOUME bois pas mal d'alcools. Sa va SEBASTIEN LE RET lui cogne suffisamment dessus et puis ils sont le meilleur pouvoir de se régénérer en continu donc pas de problème la dessus.

CHAPITRE 96 o boulot les 3 p'tit diables

ALLE les 3 p'tit diables vous aver le choix rapport séxuelles ou les papiers toutes la journée a rangé et a trié a vous de choisir PAPIERS A RANGE ok direction le bureau 15 pas de folie on vous prévient on vous aide au début pas contre a la fin on vous laisse vous débrouiller 4 HEURS PLUS TARD HELLO les 3 p'tit diables PÈRE MAMAN on vous laisse gérée à tous ta l'heures les 3 p'tit diables pas de comédie et pas de bétise hein on vous connais pas coeurs pour les mauvais coups. BON SEB PALAUD on leurs offre quant

leurs cadeaux pas encore ils font finit pas se rendre compte qu'on se moque d'eux en tous cas ce soir on va avoir la paix et d'ailleurs c'est p'tit diable numéro 2 qui va avoir mal au fion il faut dit que les 2 autres font aussie le sentir passer mais pour 1 fois qu'on peut s'amuser avec eux.

CHAPITRE 97 RAPPORT SEXUELLES

 ALLEE les 3 p'tit diables ferme les yeux.C' EST bon ouvrez les BONNE ANNIVeRSAIRE les p'tit diables hormie p'tit diable numéro 2 EU GHROUM pile au bon moment allée les p'tit diables,numéro 1 et 3 vous prenez des part de gâteaux
 et des bonbons pas de comédie p'tit diable numéro 2 passe à la

casserol avez vaux parents et les équipes ENCRENOIR ANGE NOIR et les 4 JUMEAUX MALLÉFISK et oui pour son anniversaire il a mal au fion mais rassurez-vous ce soir vous aurez mal au fion et demain également pour vos vidanges sans les aspirateurs et oui vous allée dégusté mais sa devrais vous faire du bien. PENDANT CE TEMPS EN PLEINE MER GHROUM Bonne annivairsaire p'tit diable numéro 2 et oui on va s'occuper de toi d'abord la couche au lavage et même le haut tien ta chemise de nuit poulet bleu et maintenant tu passe a la casserol ensuite à la vidange mais avant STOP les équipe ANGE NOIR ENCRENOIR Vidangé le d'abord et ensuite vous pouvez faire GRAC GRAC et cette nuit il dort avec nous dont profité de bien de lui on s'occupe de dormir avec lui et après sa vidanges vous étre autorisé a vous marchés concernant les rapport séxuelles on vous le laisse jusqu à 23h50 pas contre les 4 jUMEAUX MALÉFIQUE sont puni et dorme avez vous dont ils auront p'tit diable numéro 2 de 23h50 à 2h15 du matin on dort sur le pont dont Profitez- en.

CHAPITRE 98 LENDEMAIN DE CUITE

ALLEE debout les 4 jumeaux maléfique OUI père CHUT voilà p'tit diable numéro 2 attention p'tit diable numéro 2 bon tu continu ton anniversaire jusqu' à 15 heure moi je sais tu à dormir que 5 heures mais ton anniversaire c'est que 1 fois par an et de toutes façons je t'ai refait 1 vidange donc normalement ça devrait aller oui tu sais qu'ont et punir MAMAN et moi aller je te laisse avec les 4 jumeaux maléfiques.

CHAPITRE 99 VACANCE À L'HÔTEL

OUFF bon sang que les gens sont con enfin l'auberge et l'hôtel sont pleins j'espère que je vais enfin pouvoir partir en vacance en bretagne depuis le temp que je promet au p'tit diable numéro 2 de jouer avec lui sur la plage du fozo en tous cas j'ai énormément de taf heureusement que la salles d'arcade et réservé aussie ils faut

dire elle fait rentrée énormément d'argent j'espère que les clients ne
font rien cassée normalement FLAMMÈCHE les a toutes remplacé
heureusement
 que l'équipe FUSION et l'équipe SAMOURAÏS
son la et dit qu'à 1 époque je
n'étais qu' avec BASTIEN bonjour les galére pour
 maintenir l'auberge ouverte 7/7 bon je
 vais voire ou en et BASTIEN avant de fermer l'accueil.

CHAPITRE 100 hotel PALAUD

ALLOR BASTIEN t'en ai ou. JE vien de finir les 2 DIALECTES
 sont de gardes cette nuit et les 4 numéro 9 s'occupe

PLOUFF de l'auberge demain
et ils nous faut l'équipes LES 5 RAPIDOS sinon tu ne part

GHROUM

Bonsoir équipe des 5 RAPIDOS

GHROUM

 bon je vous amenez à vaux chambre je tien a vous remercier
de vous avoir déplacé je sais que c'est
 super durs en ce moment depuis que les 2
 cliniques JEANNE et JEANNETTE LE RET
 sont fermé pour cessation d'activités médical
 heureusement que vous s'étre la pour 1 mois
entier honnêtement je ne pense pas pouvoir
 partir en vacance au mois d'août ou de juillet
 voilà vaux planning il peut être modifié à tout
 moment c'est la seuils mauvaise nouvelle
 que j'ai à vous annoncé de se coté en tous cas aller
 demain. lendemain WOUHA en tous cas

c'est super propre bon allez on travaille merci
d'avoire rangé tous ceux qui traîne allez je
 vous laisse fini les papiers et l'administration
 heureusement qu'ils sont formé en, tous
 cas ils font 1 super boulot

 11 heures plus tard

Bon alors le dossier EN tous cas tous et marqué et rangé par ordre.

CHAPITRE 101 PAPIERS ADMINISTRATIVE

 PLOUF PLOUF

GHROUM GHROUM A

enfin en vacance je suis ravie que vous m'avez
 téléporté BASTIEN a tu ton maillot de plage
 FORCÉMENT alor vien pas contre je
 te prévien tu passe la journée avec moi et les 4 JUMEAUX
 MALÉFIQUEs p'tit diable numéro 2
et encore malade SA va.OUI il a 1 gastro-entérite et
de toutes façons c'est MUDOUME qui
 s'occupe de lui et puis demain je suis à l'auberge
 pour m'occuper des chambre avec
les 4 JUMEAUX MALÉFIQUES LK et repartir
gardés nos filles et dont on s'est organisé
et on a des épreuve LK a incité pour qu'on ne reste
 pas inactive dont elle nous a donnée des planning
qu'ont essayé de respecter à la lettre
 mais c'est très durs en ce moment OK nous voilà

arrivé c'est toujours aussi beaux le 1 a l'eau.

CHAPITRE 102 grand nettoyages des frigos

 ALLe SEB on doit s'occupe de ranger et
nettoyés tous les frigos de l'auberge et de
l'hôtel OK J'arrive.JE Passe devant ne te
 rendors pas OUI je prépare les sandwiches
 passe devant 3 minutes plus tard PLOUFF
je vais nettoyés ceux d'en haut OK a tout ta l'heure

 2 HEURES PLUS TARD

OUF voilà les frigos d'en-bas sont fait
ou la OUI j'ai 1 frigos qui a rendu l'âme
 et l'autre qui ne veut pas démarré pas
moyen je pense qu'il et aussie dcd bon je
 vais allée en commandé 3 autres frigos on
 ne sais j'allais ci 1 autre nous larche au
 moin on aura 1 pression d'avance PAS FAIT
grand frère je m'occupe de les sortie
 OK pense à tous rentrés dans ce frigos
 à moitié pleines je fonce commander les frigos.

CHAPITRE 103 PC HS ET MERDE

 mêmes les pc de bureaux ci mettre bon encore 2 choose
 a ajouté PLOUFF il sont qu'elle âges 4 ans ça va ils
sont bien tenue bon j'espère qu'ils reste des pc de
bureaux pas trop chère en tous cas ils ya que des emmerde en ce
 moment et avec toutes les pénuries bonjour le bordel.
OUF ils ya des pc et des frigos mercie les sites
 internet a l'époque ou sa hésitais pas c'étais vraiment
le bordelle voilà 359.99 euros de
 payes coût de chance c'est du matérielles qui tient la

route longtemps donc c'est 1 bon
investissement. JE remercie encore MR PAILLIETTE
d'avoir repris le restaurant après mon
suicide il a fait 1 travaille excellent merde l'enveloppe
 pour les parents heureusement qu'ils
 on réapparu a oui les planning PARFAIT on valeurs
 collés au fesses les 2 DIALECTE et
les 4 Numéro 9 comme ça ils font pas mal de taf.

CHAPITRE 104 MAUVAIS SURPRISE

 BONJOUR;BONJOUR je souhaiterais parler au
 responsable de l'établissement.C'est moi tien
 dont MARLÈNE LE COC que puis-je pour toi.
VOUS ressemble tellement a mon ex conjoint
décédé il y a 25 ans et je voudrais
 savoir comme cette auberge et carte hotel on
 survécu sans les enfants de mon mari qui son
les investisseur de ces 2 établissement vous
 ressembler comme 2 goutte d'eau a mon défunts
 mari alor dit-moi comment ces 2
 établissement arrive a remboursé plus
de 69.562 euros à des investisseur tout en
 étant en difficulté J 'en sais rien et ça ne me regarde
 pas tous ceux que je sais c'est que mon
 boulot temps que je l'ai j'ai aucune raison de le
 larches et pour votre gouvernes des livres
 son sortie avez tous les infos de l'hôtel donc
 normalement ça devrait répondre à pas mal
de vaux question MADAME LE COC Merci
 pour ces informations au revoir.

CHAPITRE 105 EXPLICATION

 MARLÈNE LE COC bon sang alor depuis tous

ce temps tu était père de famille.NON je pense
 qu'elle me confond avec l'autre sébastien
 PALAUD le frère du grand numéro 4 . LE
seconde frère qui a u dans sa famille d'accueil
avec qui il était très proche certe il est vrais
que lui l'équipe LE RET a réussir a le localisé
mais ils sont toujour refusé de le téléporter
STOP ils faut qu'ont les contactes on na besoin
d'aide il faut qu'ils nous dise ou trouvé le frère
 de grand numéro 4 MUDOUME SÉBASTIEN LE RET

on sait que vous nous entendez venez ici

 GHROUM

 BRAS DE FER bonjour ils font arrivée

GHROUM

 MUDOUME on na besoin tu frére de grand
numéro 4 celuis que vous refusez de téléporté
rien a foutre de ce qu'il a pu faires mais.IL
 et le descendant d'un des 1 cobayes de LK
 a l'époque ou elle aver ces alcoolique et il
 et descendant directement des 1 série de
cobayes voilà pourquoi on refuse de le
 téléporter il a des copie conforme la ou
 il vit il ya environs 34 cobayes qui sont
 descendant directement et le problème
 c'est qu'on n'a volés pas mal de leurs dossiers
 pas téléportation et on na vu les horreurs qui
 se sont passée après qu'ont les ai déposé dans
 le centre fabriqué par les alcoolique de LK et
 de son vaisseaux de l'époque LK a regardé
 l'évolution et ont a découvert qu'ils avaient tous

été massacrés pendant la deuxième guerre
mondials allor que nous étion dans les frigos on
 aurait pu en sauver des milliers de victimes
des camps de la mort les 30 qui ont survécu
on 1 maladie génétique et incurable depuis
 plusieurs année on essayes en secrets de
les soigner de trouver d'où vient cette erreur
 on a réussi à en remettre sur pied.
ALOR tout ce temps vous connaissiez
 l'existence de cet endroit.

 GHROUM

A l'époque on avait résisté au virus ils
 avais pas réussir à nous transformer
 en zombie on na aidé les extraterrestres
 dans leurs expérience on avait secouru
 tous ces enfants modifié génétiquement
 en les assurant qu'ils allais enfin pouvoir
vivre en paix sans jamais être
 dérangé par qui que ce soit.

CHAPITRE 106 tentative

 STOP essayé de téléporter les 30 cobays
.PARDON vous ne pouvait les soigner sur
place téléporté le dans vaux cliniques vous
 en avez 2 dont 2 équipes de 15 et ça
 devrait aller et de toutes façons depuis
que vous avez fermés vaud cliniques
médical vous d'être infecté allée au travail
e allée

GHROUM

TE sérieux la bonne idée mais ils faut
qu'ils nous laissent au moins 2 équipes.
AUCUN problème et puis ça va leurs
fait du bien de reprendre 1 activités
professionnelle ça fait 11 mois qui
sont au chômage et insupportable
dont autant qu'ils pose au moin ils
seront bien fatigué le soir et dont
on pourra se concentrer sur autre
chose et enfin resté très actives

Composition de couverture COUDRIN

DÉPÔT LÉGAL: 17 OCTOBRE 2022